IHR COWBOY-HELD

Die Cowboys von Ransom Creek, Buch 1

DEBRA CLOPTON

Ihr Cowboy-Held

Copyright © 2017 Debra Clopton Parks

Ihr Cowboy-Held

Rodeo-Pferdezüchterin Lori Calhoun fällt es schwer, nach dem Tod ihres Vaters den Erwartungen aller gerecht zu werden. Als ein Trailer mit einer Ladung voller Star-Broncos verschwindet, schreitet die Knight Agency ein und stellt Ermittlungen an.

Der Vorarbeiter der Calhoun Ranch, Trip Jenson hat mitangesehen, wie schwer es Lori fällt, den Anforderungen der Ranch und der Tiere gerecht zu werden. Er hat sie schon immer bewundert und geliebt – doch das hat er für sich behalten. Sie war schließlich die Tochter seines Bosses und jetzt sein neuer Boss … und damit tabu für einen Cowboy wie ihn.

Als mehr Tiere von der Ranch verschwinden, müssen sie zusammen arbeiten, um das Rätsel zu lösen. Da er nicht weiß, wem er auf der Ranch vertrauen kann, bittet Trip die Presley-Brüder von der benachbarten Ranch um Hilfe.

Lori hat Trip immer bewundert, doch er hat ihr vor Jahren klar gemacht, dass er nicht mehr als Freundschaft von ihr will. Jetzt steht er ihr bei und es fällt ihr schwer, sich auf die Gefahr und nicht auf den Mann zu konzentrieren.

Kann die Liebe zwischen ihnen erblühen, bevor alles zu spät ist?

KAPITEL EINS

„Die Pferde und der Trailer sind weg!"

Was? Lori Calhoun starrte Trip Jenson, ihren Vorarbeiter auf der Calhoun Ranch, der dank ihres Vaters auch ihr Partner in ihrem Rough Stock Rodeo Geschäft war, an.

Ihr Magen zog sich zusammen, als sie Trips ernste Miene sah.

„Alle fünf?", fragte sie und kämpfte gegen den Schock an, dass ihre preisgekrönten Pferde gestohlen worden waren.

Trip verlagerte sein Gewicht von einem Fuß auf

den anderen. Seine attraktiven Züge waren zu einer wütenden Grimasse verzogen, als er sie aus dem Schatten seiner Hutkrempe mit seinen huskyblauen Augen ansah. „Ja. Sie sind weg. Aber wir werden sie finden. Harvey und Mike haben gesagt, dass sie die Pferde in den Trailer geladen haben, bevor sie ihn an den Truck angekoppelt haben. Frag mich nicht, warum sie das getan haben. Auf jeden Fall sind sie losgegangen, um den Truck zu holen, der aus irgendeinem Grund noch auf der anderen Seite der Arena stand. Als sie zurückkamen, war der Trailer mit den Pferden weg."

Sie blinzelte frustriert. „Was hat sich Harvey nur dabei gedacht?"

„Ich weiß nicht", brummte Trip ebenso frustriert. „Ich habe keinen Grund anzunehmen, dass er und Mike etwas mit dem Diebstahl zu tun haben. Was ihnen jedoch eindeutig fehlt, ist gesunder Menschenverstand. Aber ich werde mich noch einmal eingehender mit ihnen befassen."

Ihr Magen rebellierte. Diese Pferde waren Champions und die Grundlage ihres Rodeogeschäfts.

Sie sollten jetzt schon auf dem besten Weg zum Western Rodeo Circuit Finale sein, wenn sie so weitermachten. Sie waren der Eckpfeiler ihres Geschäfts, doch das musste sie Trip nicht sagen. Wie sie hatte er viel in dieses Geschäft investiert und wusste nur zu gut, wie wichtig es war, dass ihre Pferde es dieses Jahr ins Finale schafften.

So viel war in diesem Jahr passiert – ihr Vater war bei einem tragischen Reitunfall ums Leben gekommen, und sie trauerte immer noch um ihn. Deswegen würden ihr alle ganz genau auf die Finger schauen, um zu sehen, ob sie und Trip in der Lage waren, die Calhoun-Tradition fortzusetzen, ihre Tiere ins WRC Finale zu bringen, wie ihr Dad es jedes Jahr geschafft hatte. Trip hatte sich drei Monate vor Ray Calhouns tödlichem Unfall in die Firma eingekauft. Seit dem Unfall hatte Lori die Zügel der Ranch in der Hand und kümmerte sich mit Trip um das Rodeogeschäft. All das fiel Lori nicht leicht.

Dazu kam die wachsende Frustration, dass ihr Vater sie dazu gezwungen hatte, mit Trip zu arbeiten.

Jene Frustration war in den letzten fünf Monaten

immer weiter angewachsen, und jetzt war sie kurz vor dem Explodieren. Sie drehte sich um und starrte aus dem Fenster. Sie kämpfte gegen Wut und Unsicherheit an, während sie in Richtung der Scheunen auf der anderen Seite des Vorplatzes der Ranch blickte. Der Ranch, die ihr Vater aufgebaut hatte. Jene Ranch, die jetzt wie ein Felsblock auf ihren Schultern lastete, denn sie hatte das Gefühl, seinen Erwartungen nicht gerecht werden zu können.

„Daddy wäre jetzt fuchsteufelswild", bemerkte sie.

Er war jetzt schon seit fünf Monaten tot, und sie fühlte sich grenzenlos überfordert. Er würde sich im Grabe umdrehen, wenn er wüsste, dass sie die Pferde verloren hatte, sein Vermächtnis.

„Es ist nicht deine Schuld, Lori, und meine auch nicht. Jemand hat die Tiere gestohlen, und wir werden herausfinden, wer es war. Es ist ganz einfach. Dein Dad wäre nicht wütend auf dich, auf sie schon. Daran habe ich keinen Zweifel."

Sie wirbelte herum und sah Trip finster an. „Ich bin verantwortlich hier – genauso wie ich verantwortlich war für den Trailer voller Rinder, den jemand letzte Woche von der Ranch gefahren hat."

„Lori Lyn Calhoun, hör auf, dir die Schuld daran zu geben. Du hast diese Pferde genauso wenig verloren wie die Rinder. Es ist nur eine Frage der Zeit, bevor wir sie finden. Die Ranger werden ihre Spur schon finden. Und was die Pferde angeht, ich habe Harvey und Mike angewiesen, sie zu verladen. Wenn hier also irgendjemand verantwortlich ist, dann ich. Und ich werde sie finden."

„Wir sind beide verantwortlich", knurrte sie. „Glaubst du, Harvey und Mike sind schuld daran?"

„Sie waren leichtsinnig. Doch solange sie mir keine gute Erklärung dafür gegeben haben, warum sie die Pferde in den Trailer geladen und unbewacht gelassen haben, mache ich ihnen das Leben zur Hölle. Die werden nie wieder so leichtsinnig sein."

Sie holte tief Luft und bemühte sich, weiter die Starke zu spielen – doch die Fassade bröckelte. Seit dem Tod ihres Vaters fühlte sie sich so allein. Ihre Mutter hatte sie im Stich gelassen, als sie noch ein Baby gewesen war, und seitdem waren ihr Dad und sie allein gewesen. Und dann war da noch Trip … sie verdrängte den überwältigenden Wunsch, seine starken Arme um sich zu spüren. Vor langer Zeit war zwischen ihnen alles so einfach gewesen. Vor langer Zeit wäre das eine Option gewesen.

Doch das war lange her. „Was sollen wir jetzt tun?", fragte sie.

„Ich habe die Cops angerufen und Anzeige erstattet. Und ich habe die Knight Investigation Agency angerufen – da sie die Rodeobranche kennen und Untersuchungen für das WRC anstellen, können sie vielleicht mehr herausfinden als die Polizei. Die haben Harvey und Mike nur ein paar Fragen gestellt und gesagt, dass sie sich melden werden, wenn sie irgendwas hören. Da es ein WRC Rodeo war, haben die Knights den Fall übernommen."

„Gut zu wissen. Ich kenne alle drei. Jesse, Sean und Michael sind großartig. Und ihr Dad und meiner sind, als sie jung waren, in Rodeos gegeneinander angetreten."

„Ich bin mir sicher, dass sie der Sache auf den Grund gehen werden."

Sie biss sich auf die Lippe. „Das ist das erste Mal, dass die Calhoun Ranch oder das Viehgeschäft im Zentrum einer Ermittlung stehen."

Sie glaubte nicht, dass es ein Zufall war. Nein. Ihr Dad, Ray Calhoun war ein tougher Cowboy gewesen. Er hatte diese Ranch und das Rodeogeschäft aus dem Nichts aufgebaut, und er war so tough gewesen wie die Rodeopferde, die sie züchteten. Ihr Dad war ein hartgesottener Geschäftsmann, ein ausgezeichneter Reiter und jemand, der nicht einfach zusah, wenn er Unrecht erlebte.

„Es gibt für alles ein erstes Mal", sagte Trip. „Doch das heißt nicht, dass wir es mögen oder als gegeben hinnehmen müssen."

„Hast ja recht", brummte sie. „Ich bin mir ziemlich sicher, dass niemand versucht hat, meinem Daddy quer zu kommen, weil er ganz einfach war, wer er war." Doch sie war nicht ihr Daddy. Sie war nur seine Tochter, die sich große Mühe gab, seinem Beispiel zu folgen, doch sie wusste, dass sie ihn nicht ersetzen konnte. Sie kämpfte gegen das plötzliche Bedürfnis zu weinen an und wünschte sich, in diesem

Moment immer noch von Trip abgewandt zu stehen.

„Du machst deine Sache gut, Lori", sagte er, trat einen Schritt auf sie zu, blieb dann jedoch wieder stehen. „Dein Dad wäre stolz auf dich."

Einen kurzen Moment lang fühlte es sich so an wie früher, als zwischen ihnen noch alles einfach gewesen war.

Sie seufzte. „Ich gebe mir ja auch Mühe. Aber das reicht nicht." Sie wollte so dringend den Erwartungen ihres Vaters gerecht werden. Er hatte nur das Beste verdient, das sie ihm geben konnte, denn genau das hatte er ihr immer gegeben.

Als Lori gerade einmal zwei Jahre alt gewesen war, war ihre Mutter mit einem anderen Mann davongelaufen und hatte nichts mehr mit Lori oder ihrem Dad zu tun haben wollen. Er hatte sich größte Mühe gegeben, sie so zu lieben, dass es den Verlust wettmachte – was bedeutet hatte, dass er sie in vielerlei Hinsicht verwöhnt hatte. Doch er hatte auch eine unabhängige Frau aus ihr gemacht. Und als sie sich schließlich dazu entschlossen hatte, einen Job in Houston anzunehmen, anstatt hierzubleiben und die

Ranch mit ihm zu leiten, hatte er ihr seinen Segen gegeben.

Sie war in Houston gewesen, als sie den Anruf bekommen hatte, dass er gestorben war.

Am Boden zerstört war gar kein Ausdruck für das, was sie in diesem Moment empfunden hatte – was sie immer noch empfand.

Sie litt immer noch darunter, dass sie nicht hier auf der Ranch gewesen war, wo sie hingehörte, als der Unfall passiert war. Sie glaubte nicht, je darüber hinwegkommen zu können.

Und jetzt das.

Sie konzentrierte sich auf Trip, der ruhig und stark vor ihr stand und darauf wartete, dass sie etwas sagte. Wieder wünschte sie sich einen Moment lang, den Kopf an seine Schulter legen und seine Arme um sich spüren zu können. Doch dann verdrängte sie den Gedanken. Das war nicht die rechte Zeit für Bedauern oder dafür, Schwäche zu zeigen. Stattdessen straffte sie die Schultern – sie war Ray Calhouns Tochter. „Was haben die Knights gesagt? Ich will alles genau wissen, dann machen wir uns an die Arbeit. Ich habe nicht vor, herumzustehen und zuzusehen, wie irgendwelche Aasgeier Dads Erbe Stück für Stück auffressen.“

Trip lächelt. „Na hallo, Lori Calhoun. Wo bist du in letzter Zeit gewesen?“

Ihr Herz zog sich zusammen. „Habe mich in Selbstmitleid gesuhlt. Und mir ist gerade bewusst geworden, dass mich mein Dad nicht dazu erzogen hat.“

Sie glaubte, Zustimmung in Trips Blick zu sehen. „Die Cops haben gesagt, dass sie anrufen werden, wenn sie irgendetwas hören. Sie halten Ausschau nach dem Trailer, auch wenn ich da wenig Hoffnung habe, da, wer auch immer ihn gestohlen hat, sicher schon die Nummernschilder ausgewechselt hat. Wenn nicht, gehe ich davon aus, dass sie ihn bald irgendwo leer finden werden. Und was die Knights angeht – Sean Knight war als Tierarzt beim Rodeo im Einsatz. Als der Diebstahl passiert ist, hatte er das Gelände schon verlassen, doch er bleibt in der Gegend. Nächstes Wochenende ist ja sowieso das WRC Rodeo in Fort Worth. Ich treffe mich um drei mit ihm an der Arena in Mesquite.“

„Gut, dann komme ich mit", sagte sie und warf einen Blick auf ihre Uhr. „Wann fahren wir los?"

„Es sind zwei Stunden Fahrt von Ransom Springs zur Arena. Was hältst du davon, wenn wir gleich nach dem Mittagessen losfahren?"

„Perfekt. Dann treffen wir uns um eins an deinem Truck."

„Klingt gut, dann gehe ich jetzt in mein Büro und kümmere mich noch um ein paar Dinge", sagte er, dann verließ er ohne ein weiteres Wort das Büro ihres Vaters. Nein, ihr Büro.

Gegen ihren Willen trat sie ans Fenster und blickte ihm nach, als er über den Platz zum Stall ging, in dem das Büro des Ranchmanagers lag – sein Büro.

Eine Sehnsucht, die schon fast zehn Jahre alt war, breitete sich in ihr aus. Ihre Beziehung war kompliziert. Sie hatte gelernt, die Umstände so zu akzeptieren, wie sie waren, nachdem er an die Uni gegangen war und sie zurückgelassen hatte. Sie hatte geglaubt, dass sie eines Tages über ihn hinwegkommen würde.

Und dann hatte ihr Dad ihn als Manager

eingestellt und ihn zum Partner gemacht.

Doch als er gestorben war, war alles noch komplizierter geworden.

Kompliziert. Das Wort beschrieb ihr Leben perfekt.

Es kostete Trip alle Willenskraft, die er besaß, das Gebäude zu verlassen, ohne Lori in den Arm zu nehmen und sie zu trösten. Sie war viel zu streng mit sich, seit sie ihren Dad verloren und seine Geschäfte übernommen hatte. Die Last auf ihren Schultern war enorm – und zu versuchen, den Erwartungen ihres Vaters und anderer gerecht zu werden, machte es nicht leichter für sie. Und die Tatsache, dass er der Ranchmanager war … die Stimmung zwischen ihnen war angespannt gewesen, seit sie nach Rays Tod aus Houston zurückgekehrt war.

Sie hatte dort ein Leben gehabt, und er war sich nicht sicher, ob sie wieder dorthin zurückkehren wollte, sobald hier alles geklärt war, oder ob sie bleiben würde.

Doch eines wusste er: die Zeit dafür, diese Kluft zwischen ihnen zu überwinden, war knapp. Und dass jetzt auch noch jemand die Pferde gestohlen hatte, war auch nicht gerade hilfreich.

Sie tat ihm leid … und es war schwer für ihn zu wissen, dass seine Anwesenheit hier eine weitere Belastung für sie war – zumindest glaubte er das. Es war eine Belastung für ihn. Doch er war entschlossen, ihre Beziehung irgendwie wieder geradezubiegen.

KAPITEL ZWEI

Sean Knight kam pünktlich zur Mesquite Arena. Lori und Trip hatten die zweistündige Fahrt hinter sich gebracht und waren kurz vor ihm angekommen.

Trotz allem, was sie um die Ohren hatten, hatte sie das Gefühl, dass in der Enge des Trucks das Unbehagen, das zwischen ihnen herrschte, seit sie die Ranch übernommen hatte, nur größer geworden war. Die Enge schien sie zu erdrücken und sie war sich seiner Männlichkeit so bewusst, dass es sie beinahe überwältigte.

Sie hatte es geschafft, eine gestelzte Konversation

über das Ranchgeschäft und wie sie am besten mit dem Verlust der Pferde fertig werden konnten am Laufen zu halten. Dieser Mann roch viel zu gut, und sie musste sich Mühe geben, nicht zu seufzen oder seinen Duft allzu auffällig zu inhalieren … unerwiderte Liebe war einfach furchtbar. Es war Folter. Sie hatte sich bemüht, die Konversation in Gang zu halten, doch ganz gleich, wie sehr sie sich bemühte, die Sache aus ihrer Highschoolzeit hing in der Luft zwischen ihnen wie ein Elefant auf dem Hochseil.

Früher waren sie beste Freunde gewesen … und dann waren sie erwachsen geworden. Es war schwer gewesen, über die Tatsache, dass sie mehr als Freundschaft von ihm gewollt hatte – ein Leben mit ihm – und dass er nicht dasselbe wollte, hinwegzukommen. Doch sie hatte es geschafft.

Und dann hatte ihr Dad sie wieder zusammen geworfen.

Als sie die Rodeoarena von Mesquite erreichten, sprang sie fast aus dem Truck, um seiner Nähe zu entkommen. Ihr ganzes Leben war sie nie so dankbar gewesen, der Enge eines Trucks zu entfliehen. Trip duftete so gut, seine Stimme klang so schön – und keiner dieser Gedanken war gut für sie.

Nein, diese Art von Gedanken würden ihr nichts bringen außer Kummer. Nach dem Tod ihres Vaters hatte sie bereits genug zu jonglieren.

Sean Knight wartete auf sie. Er schüttelte Trips Hand, dann fiel sein mitfühlender Blick auf sie. „Uns allen tut so leid, das von deinem Dad zu hören. Er war ein guter Mann."

„Danke. Ich kann es immer noch nicht ganz glauben, aber ich bin okay. Es war ein Segen, ihn in meinem Leben zu haben. Aber du weißt ja, wie das ist. Mein Dad hat deinen immer gemocht. Er wäre unglaublich stolz auf euch alle."

„Danke. Jetzt lasst uns uns erst einmal umsehen gehen. Pferde so einfach vom Rodeo verschwinden zu lassen ist ziemlich dreist."

„Das kannst du laut sagen", nickte Trip. „Wer würde einfach so einen Trailer ankuppeln, der ihm nicht gehört und davon fahren? Dass es dunkel war, hat es demjenigen nur leichter gemacht."

„Ja. Und hier war so viel los, dass vielleicht

niemand etwas gesehen hat. Aber vielleicht hat ja doch jemand etwas mitbekommen. Lasst uns sehen, ob wir irgendetwas herausfinden können, wenn wir ein bisschen rumfragen. Erzählt mir aber erst einmal, was ihr wisst."

Trip berichtete ihm von Harvey und Mike und allem, was sie bisher gehört hatten. Lori folgte den Männern zu der Stelle, an der der Trailer zuletzt gestanden hatte. Der Boden der Arena war unbefestigter Erdboden mit diversen Spuren einschließlich an der Stelle, an der ihr Trailer geparkt gewesen war. Doch viel nützte es ihnen nicht, denn überall waren ähnliche Spuren anderer Trailer. Es schien aussichtslos.

„Ich weiß nicht, wie hier rumzusuchen dabei helfen soll, meine … unsere Pferde zu finden", sagte sie mit einem Seitenblick auf Trip. Sie musste sich immer noch daran gewöhnen, dass sie Partner in diesem Geschäftszweig waren.

Beide Männer blickten auf, und plötzlich war es ihr unangenehm. Doch gerade hier waren so viele Reifen- und Stiefelspuren.

Sie wich Trips Blick aus und konzentrierte sich auf Sean.

Er lächelte sie zuversichtlich an. „Ich verstehe, was du meinst, Lori, aber wir müssen hier anfangen. Es ist gestern Abend passiert, und wir dürfen dankbar sein, dass es gestern Abend genieselt hat, denn sonst wären hier heute keine Spuren mehr zu sehen. Diese Spuren hier sind nicht von deinem Truck, da der ja nicht den Trailer gezogen hat. Die müssen also von dem Truck stammen, der eure Pferde gestohlen hat. Das ist gut. Und auch wenn hier jede Menge Leute herumgelaufen sind, sind die gut." Er ging zu einem Cluster von Stiefelabdrücken. „Hier muss die Anhängerkupplung gewesen sein. Wer auch immer hier gestanden hat, hat den Trailer an den Truck gekuppelt. Hier ist ziemlich viel verwischt, aber vielleicht bekommen wir ja trotzdem was Brauchbares." Er holte sein Handy hervor und fing an, die Spuren zu fotografieren.

Trip stand neben Sean und sie fühlte sich wie ein pessimistischer Trottel.

„Das waren mindestens zwei Männer", bemerkte

Trip.

„Ganz genau", nickte Sean. „Das könnten die Diebe gewesen sein. Schau dir den Abdruck vom Stiefelabsatz an. Ziemlich auffällig. Siehst du, wie der Absatz auf der Außenseite abgelaufen ist?"

Sie trat näher. „Oh, ich sehe, was du meinst."

Zum ersten Mal, seit Trip ihr berichtet hatte, dass ihre besten Pferde gestohlen worden waren, spürte sie einen Hoffnungsschimmer. „Tut mir leid, dass ich eben so negativ war."

Sean sah sie mitfühlend an. „Ich verstehe dich. Cimarron Trouble ist eines der besten Pferde im Rodeozirkus, und die anderen vier sind auch ganz oben. Das muss eine furchtbare Situation für dich sein. Das WRC hat diese Saison schon eine Menge Pech gehabt, aber wir werden dir so gut wir können helfen, deine Pferde zurückzubekommen."

Als ihr Blick zu Trip wanderte, umspielte ein leises Lächeln seine Lippen, was ein ungewolltes Flattern in ihrer Brust auslöste.

„Wir werden sie finden", sagte er, dann wandte er sich ab, und sie starrte auf seinen starken Rücken, während er den Boden betrachtete.

Sie beobachtete ihn, dann begegnete ihr Blick dem von Sean. Zweifellos konnte er die Spannung zwischen ihnen spüren, sie hing trotz Trips bemühten Lächelns in der Luft.

„Wonach soll ich Ausschau halten?", fragte sie Sean unsicher.

„Was auch immer dir auffällt", sagte er und sah sich weiter um.

„Was ist mit einem Zigarettenstummel?", fragte Trip ein paar Schritte weiter. „Ich weiß, dass viele Cowboys rauchen, aber soweit ich weiß raucht keiner meiner Männer. Vielleicht ist das ein Hinweis."

Sean ging zu ihm. „Vielleicht. Ist nicht ausgebleicht, darum könnte er von gestern Abend sein."

Sean holte einen Ziploc-Beutel und eine Pinzette aus seiner Tasche. „Gut gesehen." Er hob die Zigarettenkippe mit der Pinzette auf, warf sie in den Beutel und verschloss ihn sorgfältig.

Lori begann nun ebenfalls, sich umzusehen, entschlossen etwas zur Suche beizutragen anstatt sich zu beklagen. Sie betrachtete die Vertiefung, dort, wo der Trailer gestanden hatte. Daneben waren mehrere Fußspuren. „Vielleicht gehören die auch jemandem, der was damit zu tun hat."

Sean nickte. „Kann gut sein. Wir sollten uns die Stiefel eurer Leute ansehen und sehen, ob die Abdrücke passen."

„Das lässt sich arrangieren", sagte Trip.

„Solange wir nicht wissen, ob diese Spuren von euren Männern sind oder nicht, wissen wir nicht, ob wir einen wichtigen Hinweis haben oder nicht."

Sie versuchte sich zu erinnern, ob einer ihrer Männer hinkte oder einen seltsamen Gang hatte. Alles, was zur Folge haben konnte, dass jemand seinen Absatz so schief ablief, wie der Abdruck, den Sean bei der Anhängerkupplung gefunden hatte. Harvey war ein bisschen dicklich, doch Mike war so dünn wie ein Zaunpfahl. Doch wie Trip schon zuvor gesagt hatte, auch wenn die beiden ziemlich fahrlässig gehandelt hatten, hatten sie keinen Grund, sie irgendeines Verbrechens zu verdächtigen.

Sean ging in die Hocke und stützte die Ellbogen

auf seine Knie. Sein Hemd spannte über seinen Schultern, als er die Abdrücke eingehender betrachtete. „Sieht aus wie drei verschiedene Spuren. Anders als die bei der Anhängerkupplung. Da sollten zwei Spuren bei der Kupplung sein, eine ist wahrscheinlich von eurem Mann und eine von unserem Pferdedieb."

Sean machte weitere Fotos und auch Trip nahm einige mit seinem Handy auf. „Seht ihr, wie tief der Abdruck hier ist? Tiefer als die beiden anderen, was bedeutet, dass er wahrscheinlich schwerer ist. Darum würde ich annehmen, dass zwei Männer etwa gleich schwer sind und einer schwerer."

Trip runzelte die Stirn. „Harvey ist nicht gerade leicht. Er ist eins fünfundachtzig und schätzungsweise um die neunzig Kilo schwer. Mike ist kleiner, vielleicht eins achtzig, aber nicht viel mehr als fünfundsiebzig Kilo."

„Wir brauchen ihre Stiefelabdrücke", sagte Sean.

Sie sah Trip an. Unbehagen machte sich in ihrem Bauch breit. „Du glaubst doch nicht, dass Harvey was damit zu tun hat. Daddy hat ihn vor Jahren eingestellt. Ich kann mir wirklich nicht vorstellen, dass er involviert ist."

„Dann muss er sich keine Sorgen machen", erklärte Sean. „Wir beschuldigen ihn ja nicht. Ich muss nur sehen, ob das hier sein Stiefelabdruck ist. Wenn ich weiß, welche Abdrücke zu euren Leuten gehören, weiß ich, welche wahrscheinlich dem Dieb gehören, und das hilft uns immens weiter."

Sie nickte. Sie verstand, was er meinte und bemühte sich, keine Schuldgefühle dafür aufkommen zu lassen, dass sie den Männern, die für sie arbeiteten, nicht vertraute.

„Trip sagt, ihr hattet letzte Woche schon einmal Probleme mit Viehdieben?"

„Ja, aber auch da gibt's bisher nichts Neues."

„Okay, ich gebe das an meine Brüder weiter, dann sehen wir uns alles zusammen an."

Sie verbrachten die nächsten Minuten damit, zu diskutieren, was die Agentur für sie tun konnte. „Wir müssen sehen", sagte Sean. „Solange wir nicht tiefer graben, wissen wir nicht wirklich, mit wem wir es zu tun haben. Ich fahre morgen früh raus zur Ranch und unterhalte mich mit ein paar Leuten. Ich werde ihnen einfach erzählen, dass ich da anknüpfe, wo die Polizei aufgehört hat. Im Moment beschuldigen wir niemanden eines Verbrechens. Vielleicht ist jemandem nach der Befragung durch die Polizei ja noch etwas eingefallen. Und im Anschluss daran fahre ich zurück nach Dallas, damit ich meinen Flieger nicht verpasse."

Lori nickte und sah Trip an. Er zog eine Braue hoch, als ob er sie fragte, ob alles okay für sie war. Natürlich war nichts okay für sie, doch sie sagte: „Okay, wir werden auf dich warten."

Sie hoffte nur, dass ihre Männer nach seinem Besuch nicht glaubten, dass sie ihnen nicht vertraute. Es war ihr schon schwer gefallen, ihnen auch nur halb so viel Respekt abzuringen, wie sie ihrem Vater entgegengebracht hatten. Sie wollte nichts tun, mit dem sie sie noch weiter vergrätzte.

Schweigend verließen sie die Arena und machten sich auf den Rückweg zur Ranch. Ihre Gedanken waren ein einziger Wirbel.

„Ich sorge dafür, dass die Männer morgen alle in der Nähe des Haupthauses arbeiten, damit wir mit ihnen reden können. Wir sollten nachhören, ob irgendjemand in den letzten Monaten etwas Ungewöhnliches gehört oder gesehen hat. Ich weiß nicht wirklich, wonach wir suchen, doch vielleicht bringt es ja was, wenn wir einfach ein paar Fragen stellen. Ich weiß, dass du dir Sorgen darüber machst, wie die Männer es aufnehmen werden, aber bitte hör auf, dir Sorgen zu machen. Es ist deine Ranch, Lori. Du hast ein Recht auf Antworten und darauf zu fragen, was du wissen willst. Und ich auch, was diese Pferde angeht."

Sie nickte. „Trotzdem. Ich habe die Ranch gerade erst übernommen, und Freunde mache ich mir damit nicht. Ich bin für sie sowieso schon nicht mehr als die Tochter vom Boss."

„Wenn einer nicht damit klarkommt, zeige ich ihm gern die Tür."

Sie hatten schon mehrmals darüber gesprochen. Aus genau diesem Grund hatte er kurz, nachdem sie die Ranch übernommen hatte, drei Männer rausgeschmissen. Sie hatten nicht akzeptieren wollen, dass eine siebenundzwanzigjährige Frau ihr Boss war.

„Nein, ich will das nicht noch einmal tun. Keiner war so unfreundlich wie diese drei. Und ich werde das Gefühl nicht los, dass es falsch war, sie rauszuschmeißen."

Sie spürte, wie er sich anspannte. Darüber waren sie von Anfang an unterschiedlicher Meinung gewesen. Schweigen füllte den Truck.

„Du bist mein Boss, aber du weißt, dass ich da anderer Meinung bin."

Und das war ein Teil ihres Problems … sie hasste es, Trip Jensens Boss zu sein. Ja, sie waren Partner, was die Rodeotiere anging, doch auf der Ranch war sie der Boss, und er schien das nicht vergessen zu können.

In den Monaten nach Trips Einstellung, als ihr Vater noch gelebt hatte, war es ihr gelungen zu ignorieren, wie unbehaglich es sein konnte, da sie fast zweihundert Meilen weit von der Stadt in Houston gelebt hatte. Doch dann war ihr Vater gestorben, und sie hatte sich Urlaub genommen, um nach Hause zu kommen und sich einen Überblick zu verschaffen. Sein

Boss zu sein und alles, was sonst noch in ihrer gemeinsamen Vergangenheit lag, half nicht gerade dabei, mit der Situation zurechtzukommen.

Trip umfasste das Lenkrad fester, während Reue wie baseballgroße Hagelkörner auf ihn einfeuerte. Er gab sich große Mühe, seine gesetzten Grenzen nicht zu überschreiten, und erinnerte sich immer wieder daran, dass er nur der Vorarbeiter, der Manager war. Er war nicht Loris Hüter. So gerne er auch mehr für sie wäre, er war es nicht. Und er musste sich immer wieder an diese Tatsache erinnern, doch es fiel ihm jeden Tag schwerer.

„Glaubst du wirklich, dass sie irgendwas finden werden?"

„Sie haben einen ausgezeichneten Ruf, und sie sind die beste Chance, die wir haben. Darum habe ich sie angerufen."

„Das war eine gute Entscheidung. Ich hoffe, wir wissen bald mehr." Sie nickte und blickte wieder aus dem Fenster.

Er betrachtete ihr Profil. Sie sah angespannt aus. Bevor er sich von ihrer geschäftlichen Beziehung davon abhalten ließ, ergriff er ihre Hand. „Alles wird gut werden", versicherte er.

Sie begegnete seinem Blick mit großen meerblauen Augen und einen Moment lang sah sie so verletzlich aus. Sie war nicht mehr das sommersprossige Mädchen, das sich am ersten Tag mit ihm angefreundet hatte, an dem sein Dad ihn mit auf die Ranch genommen hatte, nachdem er dort als Vorarbeiter eingestellt worden war. Trip war zehn gewesen und sie neun. Jetzt, in diesem Sekundenbruchteil, fühlte er sich wieder wie damals. Als sie ihm vertraut hatte. Es war so lange her, dass sie so entspannt miteinander umgegangen waren.

„Das hoffe ich", sagte sie und zog ihre Hand zurück.

Ein bleiernes Band legte sich um sein Herz. Er war ein einsames Kind gewesen, als sie nach Ransom Springs gezogen waren, damit sein Dad den Job des Ranchmanagers annehmen konnte. Lori war ein dürres, sommersprossiges Mädchen mit Zöpfen gewesen. Als er sie das erste Mal gesehen hatte, hatte sie ein rosa Poloshirt, Jeans und rosa Cowboystiefel getragen. Lori Calhoun war ein kesses kleines Mädchen gewesen. Er musste lächeln, als er sich daran erinnerte, wie sie zu ihm herüber marschiert war, als er aus dem Truck gestiegen war.

„Kannst du reiten?", hatte sie ihn skeptisch gefragt.

Er hatte sich sofort angegriffen gefühlt. „Natürlich kann ich reiten", hatte er gesagt, und sie hatte gestrahlt und dabei den Blick auf eine Zahnlücke freigegeben.

„Nicht so gut wie ich", sagte sie. „Komm, lass uns die Pferde satteln."

Von diesem Tag an waren sie Freunde gewesen. Und sie hatte recht gehabt … dieses dürre kleine Ding hatte besser reiten können als die meisten erwachsenen Männer. Ihr Vater hatte es ihr beigebracht.

Sie waren zusammen auf der Ranch aufgewachsen und als Kinder beste Freunde gewesen. Sie hatten zusammen jeden Zentimeter der Ranch erkundet, Hügel erklommen, waren den Spuren des weidenden Viehs gefolgt und hatten Ausreißer gejagt. Da war das

Leben noch einfach gewesen. Als sie sechzehn gewesen war, kurz vor seinem siebzehnten Geburtstag, hatte er gewusst, dass sie perfekt für ihn war. Und da wurde es dann kompliziert.

Sein Vater hatte ihn beiseite genommen und ihm die Leviten gelesen – Lori war die Tochter des Bosses und er der Sohn des Ranchmanagers. Sie würde immer die Eigentümerin der Ranch sein und er ein Angestellter. Und das war eine Sackgasse, in die er sich nicht begeben wollte. Sein Dad hatte ihn auch darauf hingewiesen, dass sein Job in Gefahr sein könnte, falls Trip und Lori dateten und die Beziehung in die Brüche hing.

In diesem Moment hatte sich ein schweres Gewicht auf Trips Schultern und auf sein Herz gelegt. Und es hatte den Verlauf seiner Beziehung zu Lori verändert. In seinem letzten Jahr auf der Highschool hatte er sich zurückgezogen, da er wusste, dass er keine andere Wahl hatte. Er hatte ihr nichts zu bieten. Nichts. Und darum hatte er nach seinem Abschluss einen Job auf einer Ranch in der Nähe der Texas A&M Universität angenommen und hart gearbeitet, um sein

Studium zu finanzieren. Und gleich nach dem Studium hatte er bei einem Top-Futtermittelvertrieb angefangen und jeden Cent für die Zukunft gespart.

Er hatte den Job nicht sonderlich gemocht, doch die Bezahlung war gut gewesen und die Boni noch besser. Er hatte hier und da gedatet, doch sein Herz war bei Lori geblieben. Er hatte sich bemüht, sich nichts daraus zu machen, als er gehört hatte, dass sie in Houston eine ernsthafte Beziehung hatte. Hatte versucht, sich nicht zu freuen, als er gehört hatte, dass diese Beziehung gescheitert war. Und er hatte versucht, es nicht zu wichtig zu nehmen, als ihr Dad ihn angerufen und ihm den Job des Ranchmanagers angeboten hatte, nachdem Trips Vater verkündet hatte, in den Ruhestand gehen zu wollen.

Trip hatte das Angebot abgelehnt. Die Bezahlung wäre großartig gewesen, die Chance unleugbar – wenn man die Ranch eines anderen managen wollte. Doch das würde Trip nicht dabei helfen, eine eigene Ranch aufzubauen und die Frau seiner Träume zu erobern.

Als Loris Vater ihn erneut angerufen und erklärt hatte, dass er wollte, dass die Ranch in gutem Zustand war, falls ihm etwas passieren sollte, hatte Trip verstanden, was Ray wollte. Doch Vorarbeiter zu sein änderte nichts an der Position, in der er immer gewesen war, was Lori anging. Und als ob Ray Trips Dilemma verstanden hatte, bot er ihm nicht nur den Job des Ranchmanagers an, sondern die Gelegenheit, sich in seine Rodeotierzucht einzukaufen.

Trip hatte das Angebot angenommen.

Er hatte all sein Erspartes investiert und jetzt hing seine Zukunft vom Erfolg des Rodeobetriebs ab. Wenn es ihm gelang, das Geschäft erfolgreich auszubauen, konnte er Lori seine Gefühle gestehen.

Doch es fiel ihm jeden Tag schwerer, sie vor ihr zu verbergen. Er musste wissen, wo sie standen, und er musste die Barriere höflicher Professionalität zwischen ihnen überwinden.

KAPITEL DREI

Am nächsten Tag kam Sean auf die Ranch und unterhielt sich mit den beiden Männern, die den Trailer verloren hatten. Genau wie Lori befürchtet hatte, reagierte Harvey beleidigt angesichts der Fragen.

„Ich habe der Polizei schon alles gesagt, und jetzt engagierst du einen Privatschnüffler, um mich zu verhören? Dein Daddy hat mir immer vertraut."

Sie wollte gerade den Mund aufmachen, um etwas zu erwidern, doch Trip kam ihr zuvor.

„Harvey, wir erheben keine Anschuldigungen, außer Fahrlässigkeit vielleicht. Und du und ich, wir wissen beide, dass Ray euch das nicht hätte durchgehen lassen, also lass den Blödsinn und beantworte Sean Knights Fragen. Wir suchen lediglich nach Hinweisen." Die beiden Männer starrten einander an, und Lori wusste, dass Trip recht hatte, was ihren Vater anging.

„Also gut", brummte Harvey, dann warf er Sean einen finsteren Blick zu.

Sean war bei dieser Auseinandersetzung neutral geblieben, wie er es in einem solchen Fall immer tat. Lori war das nicht gewohnt. Doch jetzt, da Harvey sich so wenig kooperativ gezeigt hatte, war sie entschlossen, Antworten von ihm zu bekommen, auch wenn sie diejenige sein musste, die sie stellte.

Sean betrachtete Harveys Stiefel. Es war logisch, dass ein Satz der Abdrücke bei der Anhängerkupplung seiner war. Es war nicht das Paar mit dem krummen Absatz. Harveys Stiefel waren normal abgelaufen und nicht krumm, wie die am Tatort.

Nachdem der gereizte, doch recht kooperative Harvey gegangen war, riefen sie Mike. Auch seine Stiefel waren normal abgelaufen.

„Haben Sie irgendetwas gesehen, das sie vielleicht argwöhnisch gemacht hat?", fragte Sean.

„Leider nicht. Da war sonst niemand. Wir haben die Pferde eingeladen, und ich habe den Trailer abgeschlossen. Dann sind wir gegangen und haben den Truck geholt."

„Und Sie mussten beide gehen, um den Truck zu holen?"

„Ähm, also", begann er. „Ich hab mir nichts dabei gedacht, die Pferde da zu lassen. Fast alle waren mit Packen beschäftigt oder schon am Gehen. Wir sehen dieselben Leute bei jedem Rodeo. Wäre mir nie im Traum eingefallen, dass jemand so was tun würde."

Er arbeitete erst seit sechs Monaten auf der Ranch. Trip hatte ihn eingestellt, nachdem er die drei Clowns rausgeworfen hatte, die ein Problem damit gehabt hatten, für eine Frau zu arbeiten.

Sean sah die beiden an, nachdem er mit den Befragungen fertig war. Sie hatten ein paar Rancharbeiter gefunden, deren Absatz so schief abgelaufen war, dass er womöglich zu den Abdrücken bei der Anhängerkupplung passen konnte.

„Bisher haben wir ein paar Cowboys mit schiefen Absätzen", sagte Sean.

„Und abgesehen von hier gibt es einen Haufen o-beinige Cowboys da draußen mit schiefen Absätzen", seufzte Lori.

„Ja, aber wir haben eine Zigarettenkippe und einen schiefen Absatz, und eines oder beides könnte sich als Ass im Ärmel erweisen", erklärte Sean. „Ich muss los, sonst verpasse ich meinen Flug. Ich seh euch dann in Fort Worth. Ruft mich an, wenn ihr irgendwas hört. Ich sehe mir in der Zwischenzeit die Backgroundchecks der Männer an, die hier arbeiten, wenn ihr mir eine Liste mit allen Namen schicken würdet. Irgendwas an der ganzen Sache stinkt."

„Kann ich machen", sagte Trip, als sie aufstanden und das Büro verließen.

Sean drehte sich um. „Dann gehört dir die Ranch", sagte er zu Lori. „Und euch beiden gehört das Rodeogeschäft? Ich bin nicht davon überzeugt, dass das was mit dem WRC zu tun hat. Aber der Viehdiebstahl könnte etwas mit dem Pferdediebstahl zu tun haben."

„Ja", sagte Lori. „Daran haben wir auch schon gedacht."

Sie blieben bei Seans Truck stehen. „Dann rate ich euch, aufmerksam zu sein, und so ungern ich das jetzt auch sage: vertraut niemandem."

Trip blickte ihm in die Augen. Meinte Sean, dass sie auch einander nicht vertrauen sollten?

Seans Truck verschwand in einer Staubwolke, doch seine Worte hingen in der Luft. Er sah sie an. „Vertraust du mir?"

Sie blinzelte ihn gegen die Sonne an und strich ihre dunklen Haare hinters Ohr. „Wir sind nicht immer einer Meinung, aber selbst, wenn Sean mir gesagt hätte, dass du mich bestiehlst, hätte ich ihm nicht geglaubt. Er hat alle anderen gemeint, die für uns arbeiten."

Trip war erleichtert und musste ein Lächeln unterdrücken. Stattdessen nickte er und sah sie ernst an. „Okay, das bedeutet mir viel."

„Und was machen wir jetzt?", fragte sie.

Ihre Worte inspirierten jede Menge Wunschdenken seinerseits. „Hast du Lust, spazieren zu gehen und dir die Tiere anzusehen, die wir nach Fort Worth schicken?" Er musste sich bewegen.

„Sicher." Sie ging neben ihm her.

„Wir müssen tun, was immer nötig ist, um die Tiere zu finden", sagte er. „Und ich glaube, du solltest wissen, dass, auch wenn mir Seans Idee, dass es ein Insider war, nicht gefällt – ich nehme ihn ernst. Dein Daddy hat mich eingestellt, weil er wusste, dass er mir mit allem, was ihm wichtig war, vertrauen konnte." Sie kamen zur Koppel, und er sah sie an. „Wir haben uns verstanden, weil wir ein gemeinsames Ziel hatten."

„Sprichst du von mir?", fragte Lori.

Trips Worte und der Blick in seinen blassblauen Augen jagten Lori einen Schauer über den Rücken. Sein Blick ruhte auf ihren Lippen, bevor er ihr in die Augen sah.

„Wovon sollte ich sonst sprechen, Lori?", fragte er mit rauer Stimme.

Ihre Haut prickelte, und sie schluckte schwer. Plötzlich hatte sie das Bedürfnis, das Thema zu wechseln. Sie waren zu dicht an etwas dran, das sie sich nicht eingestehen wollte, etwas, wovor sie sich zu sehr fürchtete, um es sich einzugestehen, aus Angst, dass ihre Hoffnungen und Träume zerschlagen und ihr Herz gebrochen werden würde.

Sie wich einen Schritt zurück, denn sonst hätte sich ihm an den Hals geworfen, und das ging nicht.

„Glaubst du, dass irgendwas nicht mit meinem Daddy gestimmt hat? Ich kann immer noch nicht fassen, dass das Pferd ihn abgeworfen hat." Sie seufzte. Diesen Gedanken hatte sie noch niemandem gegenüber geäußert.

Trip schwieg, und sie war sich nicht sicher, ob es daran lag, dass sie das Thema gewechselt hatte, oder ob ihre Frage ihn überrascht hatte.

„Nein. Er hat nichts in dieser Richtung erwähnt. Und wenn er irgendwelche Probleme hatte, habe ich nichts gesehen. Manchmal passiert so was einfach. Ein Moment der Unachtsamkeit...", sagte er mit sanfter Stimme. „Ein launisches Pferd reicht, und selbst der beste Reiter in der Branche kann einen Unfall haben."

Lori nickte. Sie spürte Tränen in ihre Augen

steigen und blinzelte. Nein, sie würde nicht weinen. Sie holte tief Luft. Er hatte bei der Beerdigung als ihr Ranchmanager neben ihr gestanden, dabei hatte sie sich nach ihrem Freund gesehnt.

Doch sie hatte ihn verloren, als sie gegen Ende der elften Klasse mehr von ihm gewollt hatte. Er hatte sich fast sofort zurückgezogen und sich von ihr distanziert, dann war er an die Uni gegangen und hatte ihr das Herz gebrochen.

Jetzt wollte sie trotz ihrer Gefühle einfach nur ihren Freund wiederhaben.

Doch so einfach war das nicht.

Plötzlich wurde sie wütend. Sie musste mit dem Tod ihres Vaters fertig werden, eine Ranch am Laufen halten, und jetzt musste sie sich auch noch mit diesen ungewollten Gefühlen Trip gegenüber auseinandersetzen.

Dass ihre Pferde und Rinder verschwunden waren, half auch nicht. Sie hatte ihre Abwehrmechanismen schleifen lassen, denn bisher war es bei ihnen immer nur ums Geschäftliche gegangen.

„Du hast recht. Ich kann mir nur einfach nicht

vorstellen, dass er sich abwerfen lässt." Sie wich einen weiteren Schritt zurück. „Ich muss die Versicherung anrufen und Ansprüche wegen der Pferde anmelden", sagte sie und kämpfte darum, ruhig zu bleiben.

Er wirkte hin- und hergerissen, nickte jedoch nur kurz. Sie wollte sich in seine Arme werfen und an seiner Brust ausweinen, doch stattdessen machte sie kehrt und ging in Richtung Haus. Dabei musste sie sich bemühen, nicht loszurennen.

Trip blieb steif stehen und blickte ihr nach, als sie in Richtung Haus davon eilte. Er rieb sich den Nacken und fragte sich, ob er ganz bei Verstand gewesen war, als er diesen Job angenommen hatte. Doch andererseits verstand er, warum Ray ihn hatte hier haben wollen und warum er bereit gewesen war, ihm einen Anteil an der Rodeozucht zu verkaufen. Er hatte Lori in Sicherheit wissen wollen, und dasselbe wollte Trip auch. Doch Lori … er fragte sich, ob er um ihretwillen die falsche Entscheidung getroffen hatte.

War seine Entscheidung Lori gegenüber fair

gewesen?

Einen kurzen Moment lang hatte es sich angefühlt wie in alten Zeiten, als sie Freunde gewesen waren und sich einander anvertraut hatten. Und dann war sie zurückgewichen.

Immer noch hin- und hergerissen ging er zu seinem Truck. Er musste sich einen Bullen ansehen und brauchte ein bisschen Abstand von Lori.

Sie würde ihm wahrscheinlich dankbar sein.

KAPITEL VIER

Jolene Deleon starrte Lori im Spiegel des Fluff-n-Buff Friseursalons an. Zwei Tage waren vergangen, seit die Pferde verschwunden waren. „Mädchen, es ist viel zu lange her, seit dem du dir den Spliss hast schneiden lassen!", sagte sie gedehnt und beugte sich vor, damit sonst niemand sie hören konnte. „Erzähl, wie läuft es mit deinem sexy Vorarbeiter? Hast du die Vergangenheit ruhen lassen und ein neues Kapitel in deinem Liebesleben aufgeschlagen?"

„Jolene, ich habe auf der Ranch jede Menge um die Ohren. Mir sind Rinder und Pferde gestohlen worden.“

Ihre alte Freundin zuckte mit den Schultern. „Ein Grund mehr, Trip Jensen näher zu kommen.“ Sie zeigte mit dem Kamm auf Lori und kniff die Augen zusammen. „Sag bloß nicht, dass du immer noch böse auf ihn bist. Du und er, ihr wart euch früher so nah…“ Sie drückte Daumen und Zeigefinger aufeinander und wedelte damit in Loris Richtung. „Ihr wart Kinder. Zwischenzeitlich wart ihr beide draußen in der Welt und seid nach Hause gekommen, um hier Wurzeln zu schlagen. Außerdem seid ihr beide Single. Vergiss die Vergangenheit und schau, was sich ergibt.“

Lori funkelte Jolene böse an. „Ist dir je der Gedanke gekommen, dass ich schon lange nicht mehr beim Haareschneiden war, weil du mir letztes Mal auch schon wegen Trip auf die Nerven gegangen bist?“

„Und ist dir je der Gedanke gekommen, dass ich dir ganz schnell zehn Zentimeter deiner Haare abschneiden könnte, wenn du weiter deine Gefühle für den Jungen leugnest? Ich glaube, dein Daddy -Gott hab ihn selig! – wusste es auch. Ihn einzustellen war seine Art und Weise, euch den Weg zu ebnen.“

„Können wir bitte das Thema wechseln? Und willst du mir die Haare schneiden oder mich nur weiter drangsalieren?"

Jolene lächelte. „Ich schneide dir die Haare, aber es macht mir Spaß, dich zu drangsalieren. Du bist so was von verkrampft. Darum weiß ich, dass er dir trotz allen Leugnens nicht egal ist. Du weißt, dass er, seit er wieder hierher gezogen ist, ein heißes Thema bei den Mädels ist. Doch er hat bis heute keine zu einem Date eingeladen – und das, obwohl sich genug von ihnen mehr oder weniger vor seinen Truck geworfen haben, um seine Aufmerksamkeit zu erringen."

Auch wenn sie es nicht wollte stieg Eifersucht in Lori auf. „Das bedeutet nichts, außer dass er seit Daddys Tod auf der Ranch alle Hände voll zu tun und zu viel um die Ohren hat, um sie zu bemerken."

„Es könnte aber auch bedeuten, dass er dich nicht aus dem Kopf bekommt. Ich erinnere mich daran, wie er dich in der Schule immer angesehen hat. Er hat dich quasi angehimmelt und es war sicher nicht ein Beste-Freunde-Blick. Der Junge war verrückt nach dir und selbst, als ihr zwei nicht mehr miteinander geredet habt, habe ich ihn dich immer noch aus der Ferne beobachten sehen. Und glaub mir, meine Liebe, er hat ausgesehen wie ein liebeskrankes Hündchen, wann immer er dich angesehen hat. Ich habe nie begriffen, warum ihr plötzlich nicht mehr miteinander geredet habt anstatt euch näher zu kommen."

Lori rang die Hoffnung nieder, die die Worte ihrer Freundinnen geweckt hatte. „Ich muss zurück zur Ranch. Kannst du dich bitte beeilen?"

Jolene zuckte mit den Schultern. „Okay, entspann dich. Ich hör ja schon auf. Du siehst gestresst genug aus, da will ich dich nicht noch mehr stressen."

„Danke. – Für alles."

Mit frisch geschnittenen Haaren und jeder Menge Tratsch machte Lori beim Lebensmittelladen Halt, dann fuhr sie zurück zur Ranch. Die kurze Auszeit hatte ihr gut getan. Sie hatte zwei Tage lang versucht, Trip zu meiden, und es war ihr nicht schwergefallen, was bedeutete, dass er zugelassen hatte, dass sie ihm aus dem Weg ging oder sie selbst genauso hatte meiden wollen … was Trip so gar nicht ähnlich sah.

Mit Jolenes Stimme im Ohr fuhr sie nach Hause.

Hatte Jolene wirklich gesehen, was sie gesagt hatte? Hatte Trip sie wirklich sehnsüchtig angestarrt?

Wenn dem so war, warum hatte er sich dann zurückgezogen, wenn sie sich ihm in der Woche vor dem Abschlussball quasi an den Hals geworfen hatte? Warum hatte er sie dann den Rest seiner Zeit zu Hause gemieden wie der Teufel das Weihwasser?

Sie trug ihre Einkäufe ins Haus und verstaute sie, dann stand sie am Fenster und starrte hinaus zum Stall. War er da drin, in seinem Büro? Nach ihrer letzten Unterhaltung war sie davongelaufen wie ein verängstigtes Kaninchen. Gerade war einfach so viel los, und so viele Emotionen schwirrten in ihrem Kopf umher.

Sie hatte die letzten zwei Tage über ihn nachgedacht. Ihre Top-Pferde waren verschwunden, und die Buchungen für sie würden storniert werden, wenn sie sie nicht bald zurück bekam, und woran dachte sie ununterbrochen? Trip und wie sie früher zueinander gestanden hatten.

Was für eine tolle Rancherin sie doch war!

Ja, sie hatte sich um das Geschäftliche

gekümmert. Sie hatte die Versicherung angerufen, alle Fragen der Polizei beantwortet und bereitete sich darauf vor, Ende der Woche nach Fort Worth zu fahren. Und danach nach Oklahoma City – wenn sie ihr nicht absagen würden. Ihr Kalender war voll, doch jetzt fehlten ihre fünf besten Pferde, und sie liefen Gefahr, lukrative Verträge zu verlieren.

Das einzig Gute an der Situation war, dass die Versicherung ihre finanziellen Verluste decken würde. Doch sie *wollte* ihre Pferde zurück.

Sie wollte so viel.

Trip Jensen zum Beispiel, und das trieb sie in den Wahnsinn. Sie wollte dieser emotionalen Achterbahnfahrt, auf die Trip sie schickte, endlich ein Ende setzen.

Sie musste aufhören, sich vor ihm zu verstecken. Mit diesem Gedanken ging sie hinüber zum Stall. Vielleicht würde ihr ein Ausritt gut tun. Die Männer waren heute draußen und sortierten das Vieh, vielleicht sollte sie auch rausreiten und helfen. Es war ein verlockender Gedanke, denn es war lange her, seit sie das letzte Mal Kälber aus der Herde ausgesondert hatte.

Als sie den Stall betrat, hätte Harvey sie beinahe umgerannt, als er aus Trips Büro gestürmt kam. Sein Gesicht war hochrot und seine Miene wütend.

„Harvey, was ist los?", fragte sie, erschrocken über seinen wütenden Gesichtsausdruck.

„Ich kann dir eins sagen, ich kann es nicht leiden, wenn mich jemand ansieht, als hätte ich etwas falsch gemacht." Er sah sie finster an, und ihr Geduldsfaden riss.

Sie hatte genug. „Niemand hat dich eines Verbrechens beschuldigt, doch wir haben das *Recht* Fragen zu stellen." Sie sah ihn herausfordernd an. „Sean Knight hat dir lediglich ein paar Fragen gestellt, und ich hätte von dir erwartet, dass du gerne bereit bist, zu helfen. Ich verstehe nicht, warum du dich darüber so aufregst, und wenn ich ehrlich bin – mir reicht's langsam", sagte sie und bemerkte, dass sie wie ihr Vater klang.

Harvey sah sie erschrocken an und war plötzlich sprachlos. Sie jedoch nicht. „Du bist beim Rodeo gewesen, und du warst verantwortlich für diese Tiere, und wenn du weiter hier arbeiten möchtest, musst du dir diese Tatsache eingestehen. Der Diebstahl bedeutet einen Riesenverlust für das Geschäft. Darum ist es nicht zu viel verlangt, dass du ein paar Fragen beantwortest, wenn mir fünf preisgekrönte Pferde fehlen!"

Sie starrten einander an. Normalerweise verlor sie nicht so schnell die Beherrschung, doch was bildete sich Harvey ein? Dass sie einfach ohne Fragen über die Tatsache hinwegsehen sollten, dass ihre Pferde verschwunden waren? Sie sah, wie hinter ihm Trip aus seinem Büro kam.

„Ich schätze, du hast recht", murmelte Harvey.

„Ich weiß, dass ich recht habe." Sie konnte nicht anders. Über Harveys Schulter hinweg sah sie, wie Trip sich an den Türrahmen lehnte, die Arme verschränkte und ruhig zusah. Durch seine Präsenz unterstützte er sie ohne sich einzumischen.

Innerlich zitterte sie. Sie konzentrierte sich auf Harvey.

„Ja Ma'am", brummte er. „Aber ich habe das Gefühl, dass mir hier niemand vertraut. Und das, wo ich schon so lange hier arbeite. Dein Daddy hätte mir vertraut."

Schuldgefühle wollten in ihr aufsteigen, doch sie verwarf sie schnell. „Das hätte er. Er hat dich vor langer Zeit eingestellt, Harvey. Doch das bedeutet nicht, dass er dir eine solche Fahrlässigkeit hätte durchgehen lassen, ohne dir ein paar Fragen zu stellen, und das weißt du auch."

Da wurde ihr bewusst, dass Harvey vielleicht geglaubt hatte, dass er Vorarbeiter werden würde, nachdem sich Trips Vater zur Ruhe gesetzt hatte. Doch stattdessen hatte ihr Vater Trip auf die Ranch geholt.

Könnte er etwas mit dem Verschwinden der Tiere – *nein,* daran wollte sie nicht einmal denken. Sie traute Harvey, auch wenn sie seine Reaktion auf die Situation enttäuscht hatte.

„Das wird schon wieder alles, Harvey", sagte sie. „Doch bis dahin musst du damit rechnen, dass wir dir Fragen stellen. Wir versuchen nur, der Sache auf den Grund zu gehen."

Ihre Worte ließen ihn nicht glücklicher aussehen. „Wie du meinst", brummte er und ging.

Sie blickte ihm hinterher, dann sah sie Trip an. Er zog eine Augenbraue hoch bevor er in sein Büro ging. Sie folgte ihm und schloss die Tür hinter sich.

„Was hast du zu Harvey gesagt, das ihn so wütend gemacht hat?", fragte sie.

Trip lehnte sich an seinen Schreibtisch, verschränkte die Arme und musterte sie.

„Ich habe ihn nur gefragt, ob er sich zwischenzeitlich an irgendetwas Neues erinnert hat, und warum sie die Pferde eingeladen haben, bevor sie den Trailer an den Truck gekoppelt haben. Nichts, weswegen er so an die Decke hätte gehen sollen."

Sie seufzte. „Du hast recht. Aber er ist schon seit Jahren hier. Ich will einfach nicht glauben, dass er etwas mit dem Diebstahl zu tun haben könnte. Ich will nicht das Schlimmste annehmen, nicht, solange wir keine Beweise haben. Ich weigere mich, vorschnelle Schlüsse zu ziehen. Harvey hat das Gefühl, dass wir ihn beschuldigen, und das tue ich – nein, tun *wir* nicht. Doch ich mache mir nichts vor, es könnte jeder gewesen sein. Im Moment vertraue ich niemandem außer dir und mir."

„Da bin ich ganz deiner Meinung. Und Harvey hat kein recht, uns Vorwürfe zu machen."

Sie nickte, froh, dass er sie unterstützte. Es fühlte sich gut an zu wissen, dass er auf ihrer Seite stand. „Ich fahre mit dir nach Fort Worth. Ich lege mich auf die Lauer und halte Augen und Ohren offen.

„Das ist eine gute Idee. Es ist schön, dich dabei zu haben."

Sie strich sich mit der Hand durchs Haar. „Ich gehe reiten. Ich muss ein bisschen raus."

„Bist du okay?", fragte er und sah sie eindringlich an.

„Ich gebe mir Mühe. Es ist alles ein bisschen viel, und Daddy ist auch erst seit fünf Monaten…" Sie zögerte. Sie hatte sich die ganze Zeit so viel Mühe gegeben, stark zu bleiben.

„Möchtest du ein bisschen Gesellschaft bei deinem Ausritt?", fragte er.

Ihr Puls schlug schneller – früher waren sie immer gemeinsam über die Ranch geritten. „Sicher, ganz wie in alten Zeiten", sagte sie und versuchte, nicht zu begeistert zu klingen. „Aber ich will nicht über all das reden. Ich habe nicht viel geschlafen, und ich will einfach nur eine Weile raus. Ist das okay für dich?"

Er lächelte. „Das ist okay, denn ich bin ganz deiner Meinung. Du brauchst mal eine Pause. Und ich würde dir gerne ein paar der Veränderungen zeigen, was wir geschafft haben, seitdem du das letzte Mal geritten bist. Dein Dad hat immer Verbesserungen gewollt. Mit dem Truck könnte ich dir mehr zeigen, aber ein paar Sachen sind nahe genug, um hinzureiten."

„Das ist eine tolle Idee." Sie holte tief Luft und freute sich darauf, mit ihm zu reiten … mit ihrem alten Freund, ermahnte ihre innere Stimme sie. Es war nicht sicher, ihn als irgendetwas anderes zu betrachten. Er hatte ihr deutlich gezeigt, dass ihre Beziehung heute professionell war.

Doch sein Lächeln machte es ihr schwer. Sie gingen in den Stall, wo sie sich für eine hübsche Stute entschied, die sie schon ein paar mal geritten hatte, und er holte seinen schwarzen Wallach aus der Box. Sie striegelten die Pferde, dann sattelten sie sie und ritten los in Richtung Horizont. Der einfache Akt, das Haus und die Stallungen hinter sich zu lassen, gab ihr ein Gefühl der Erleichterung. Der Wind war kaum mehr als eine leichte Brise, doch die frische Luft duftete nach Klee und Honig und heiterte sie auf.

„Wann bis du das letzte Mal hier draußen geritten?", fragte er.

Sie sah ihn an. Er sah so gut aus im Sattel, doch das war schon immer so gewesen. Trip war einfach der perfekte Cowboy. Seinen Hut hatte er tief in die Stirn gezogen, sein Rücken war gerade, und er bewegte sich auf eine entspannte, selbstverständliche Art mit dem Pferd. Er passte auf jede nur erdenkliche Weise hierher. Ihr Herz sehnte sich danach, was hätte sein können … worauf sie einst gehofft hatte. Sie wandte den Blick ab und konzentrierte sich auf seine Frage.

„Es ist viel zu lange her. Ich war einen Monat vor Daddys Tod hier. Ich danke Gott jeden Tag dafür, dass ich an diesem Wochenende nach Hause gekommen bin. Ich habe schon die ganze Zeit nach Hause kommen wollen, doch ich hatte so viel zu tun und … also er und ich haben uns deswegen gestritten. Darum bin ich dann nach Hause gekommen und …" Sie hielt inne, als ihr bewusst wurde, dass sie ohne Punkt und ohne Komma plapperte und noch nicht einmal seine Frage beantwortet hatte. „Ich habe mir an dem Wochenende nicht die Zeit genommen, Reiten zu gehen. Und seit ich wieder hergekommen bin, na ja, du weißt ja, wie beschäftigt ich damit bin, die Bücher durchzugehen und zu versuchen, mich in alles Geschäftliche einzufinden. Die paar Male, die ich geritten bin, bin ich nur auf der Koppel gewesen."

Sie warf ihm einen beschämten Blick zu und er nickte. Sie fühlte sich so schuldig, weil sie nicht öfter nach Hause gekommen war.

„Du hast gesagt, dass du nicht über den Pferdediebstahl reden willst, aber möchtest du über irgendetwas anderes reden? Zum Beispiel, warum du wütend auf deinen Dad warst? Ich weiß, es geht mich nichts an, aber ich bin da, wenn du jemanden zum Reden brauchst. Ich erinnere mich, dass wir das mal ziemlich gut gekonnt haben."

Ihr Herz zog sich zusammen und sie schluckte, als sie plötzlich das Bedürfnis verspürte, wie in alten Zeiten mit ihm zu reden. Sie stützte ihr Handgelenk auf das Sattelhorn, hielt die Zügel locker zwischen den Fingern und versuchte sich zu entspannen. Doch sie war so angespannt, dass es schwer war, loszulassen.

„Ich …“ Sie seufzte. „Es fällt mir schwer zu verarbeiten, dass ich nicht da war. Und dass er mit dem Gedanken gestorben ist, dass ich nie nach Hause kommen würde, um auf der Ranch zu leben, die er für mich aufgebaut hatte.“

Als Trip sein Pferd zum Stillstand brachte, hielt sie neben ihm an.

„Nie? Du hast nicht vor, die Calhoun Ranch zu deinem Zuhause zu machen? Auch jetzt nicht? Ich versteh das nicht.“

Sie senkte den Blick. „Ich bin mir nicht mehr sicher. Mir geht im Moment eine Menge durch den Kopf.

Und das war die Wahrheit. Und ein Teil ihrer Gedanken kreiste um Trip. Doch das konnte sie ihm nicht erzählen.

KAPITEL FÜNF

Trip war natürlich aufgefallen, dass sie in der Zeit, seitdem er den Job als Ranchmanager angenommen hatte und ihr Vater gestorben war nur einmal zu Besuch gekommen war. Sein eigener Vater hatte ihm erzählt, dass Ray und Lori sich gestritten hatten. Ray hatte nicht darüber reden wollen, doch es hatte ihn sichtlich getroffen. Als Trip zugestimmt hatte, auf der Ranch anzufangen, schien Ray ganz auf seinen Plan fokussiert zu sein, doch Trip war nicht bewusst gewesen, dass Ray ihn darauf vorbereitete, die Ranch allein zu führen, weil Lori nicht vorhatte, die

Zügel zu übernehmen.

Der Gedanke erschien ihm einfach falsch. Er starrte sie an. „Ich versteh das nicht. Du hast immer die Ranch leiten wollen. Du und dein Dad, ihr habt darüber gesprochen, solange ich mich zurückerinnern kann. Was ist passiert?" Vielleicht hätte er nicht fragen sollen, doch er konnte nicht anders.

„Dinge … ändern sich. Daddy hat gewollt, dass ich lerne, auf eigenen Beinen zu stehen, und Neues ausprobiere. Er hat gesagt, dass es gut für mich wäre, darum bin ich gegangen. Dann hat er entschieden, dass ich nach Hause zurückkommen sollte. Doch ich hatte Verpflichtungen. Meine Arbeit bei der Marketingfirma hat mir Spaß gemacht, und ich war nicht bereit zurückzukehren. Er hat das aufgefasst, als würde ich nie zurückkommen wollen, und mich unter Druck gesetzt. Da habe ich rebelliert." Als sie ihr Gewicht im Sattel verlagerte, knarzte er. „Ich bin ihm sehr ähnlich, stur und dickköpfig und unabhängig. Er hat mich provoziert, und ich hab mich gesträubt wie ein bockiges Pferd. Für mich war es okay, zu meinen eigenen Bedingungen nach Hause zurückzukommen, aber nicht auf Daddys Befehl hin. Ich habe ihn so sehr geliebt, aber ich hatte Angst, dass er zu viel Kontrolle über mein Leben wollte. Darum bin ich weggeblieben."

Er konnte ihren Gedankengang nachvollziehen. Ray war stur gewesen, doch er hatte recht – und sie auch. Es war so gut wie nicht zu verhindern gewesen, dass die beiden irgendwann aneinander gerieten, aber – „Ich bin ein bisschen geschockt, dass du wegbleiben wolltest, auch wenn du und dein Dad gestritten habt. Ich dachte immer, dass du ganz selbstverständlich zurückkommen würdest. Ich meine, dein Dad hat gesagt, dass du deinen Marketingjob noch ein bisschen länger machen wolltest, doch ich dachte nicht …" Er machte eine Pause, dann fügte er hinzu: „Ich denke nicht, dass er geglaubt hat, dass du nicht zurückkommen würdest."

Sie blinzelte, und er sah die Tränen, bevor sie sie mit einer entschlossenen Bewegung wegwischte. Sie schien in letzter Zeit den Tränen immer so nah zu sein, dabei war ihr Vater jetzt schon seit fünf Monaten nicht mehr da. Langsam fing sie an zu glauben, dass es nie besser werden würde.

„Ich weiß", sagte sie. „Und dann hatte er ja auch noch dich eingestellt und verlangt, dass ich dieses Wochenende nach Hause komme. Ich bin froh, dass ich gekommen bin, und er hat mir erklärt, was er vorhatte … doch ich hätte nicht im Traum daran gedacht, dass er ein paar Monate später nicht mehr da sein würde."

Sie setzte ihr Pferd wieder in Bewegung, und Trip folgte ihr. Sie näherten sich dem Tor, und er ritt voraus, um es vom Sattel aus zu öffnen. Als sie hindurch geritten waren, schloss er es wieder.

Sie benutzte die Zeit, um ihre Emotionen unter Kontrolle zu bringen. Sie war eine starke, unabhängige Frau, und sie musste anfangen, sich wie eine zu verhalten.

Was er hörte belastete Trip.

Er schloss das Tor, dann kehrte er zu ihr zurück.

Sie sah ihn über die Schulter an, als er auf sie zu kam, dann ritt sie los und fiel in einen Galopp.

Trip lachte und folgte ihr. Sie brauchte das. Es war der Inbegriff von Freiheit, über eine offene Weide zu galoppieren, besonders, wenn man sich unter Druck gesetzt fühlte oder niedergeschlagen war, und beides traf auf Lori zu.

Blaue Sandknöpfchen blühten überall, als sie den Hügel hinauf und auf der anderen Seite wieder hinunter ritten in Richtung eines glucksenden Bachs, der sich über das Land der Ranch schlängelte. Als Kinder hatten sie sich hier oft Rennen geliefert, und Lori war mit ihrem Pferd immer über den Bach gesprungen. Er fragte sich, ob sie es jetzt auch tun würde. Und er fragte sich, wie lange es her war, dass sie zugelassen hatte, sich so frei zu fühlen wie jetzt.

Er beobachtete sie, als sie auf den Bach zu ritt und wusste, dass die Stute den Sprung leicht schaffen konnte. Als sie sich klein machte und nicht abbremste, wusste er, dass sie es tun würde. Sie ritt das Pferd mühelos wie früher und sprang mit Leichtigkeit über das Wasser. Als das Pferd auf der anderen Seite landete, blieb Lori perfekt im Sattel und drehte das Pferd zu ihm um. Sie strahlte über das ganze Gesicht und sah so schön und glücklich aus, dass es ihn fast aus dem Sattel gehauen hätte. Er ritt mit seinem Wallach auf das Wasser zu, und als er sprang, spürte er die Kraft des Pferdes, bevor es sicher auf der anderen Seite landete. Lachend hielt er das Pferd an, das ein wenig mit den Hufen scharrte, als es stehen blieb.

„Du konntest nicht widerstehen", sagte er lächelnd.

Ihre Augen blitzten vor Glück. „Ich weiß. Ich konnte nicht. Es hat sich einfach so gut angefühlt."

Er stieg ab, und sie folgte seinem Beispiel, um die Pferde aus dem klaren Bach trinken zu lassen. Es war eine alte Routine, die sie so oft wiederholt hatten, als zwischen ihnen noch alles gut gewesen war. Er ließ die Zügel los, da er wusste, dass Jep und Belle nicht weglaufen würden.

Weiter den Bach entlang war ein dichter Bestand von Mesquitebäumen und Eichen, doch hier war viel Platz, eine perfekte Stelle zum Angeln oder Picknicken – oder, wie sie es so oft getan hatten, zum Waten im seichten Wasser.

„Hast du Lust, deine Stiefel auszuziehen und durch den Bach zu waten?"

Sie stemmte die Hände in die Hüften und dachte darüber nach. „Nein, ich glaube heute nicht. Aber vielleicht ein andermal."

Er trat neben sie und sie beobachteten die Pferde beim Trinken.

„Dann wird es ein andermal geben? Hast du vor zu bleiben?"

„Wir sind immer gerne hierher gekommen", sagte sie, und ein Lächeln lag in ihrer Stimme.

„Ja, das sind wir." Er sagte ihr jedoch nicht, dass es ihm nie gelungen war, nicht an sie zu denken, wenn er an dieser Stelle vorbei geritten war.

Sie lächelte. „Ich erinnere mich daran, wie du reingefallen bist, als ich elf Jahre alt war."

„Ja. Ich war zwölf und du hast mich reingestoßen." Er sah sie mit gespielter Empörung an, dann lachte er.

„Ach, so war das?", feixte sie. „Ich habe das nicht so in Erinnerung."

Er brummte. „Egal, an was du dich erinnerst, an dem Tag hast du mich gestoßen." Er lachte, denn ihm war klar, dass sie sehr wohl wusste, was an diesem Tag passiert war.

„Wenn du das sagst. Aber zugeben werde ich das nie."

„Ich weiß.

„Aber du hast dich revanchiert", sagte sie. „Ich wollte dir helfen und du hast mich reingezogen."

Er schmunzelte, als er sich daran erinnerte. „Du bist schneller wieder rausgehüpft als ein Kaninchen auf der Flucht vor einer Klapperschlange. Du warst klatschnass und hast gelacht und…" *und warst so schön.* Sein Herz schwoll, denn genau in diesem Moment hatte er seine Freundin als mehr wahrgenommen. Das war der Anfang für ihn gewesen. Die Sehnsucht eines Heranwachsenden nach mehr, doch er hatte zu große Angst gehabt, es ihr zu sagen. „Ich habe dich vermisst, Lori", sagte er schneller, als er die Worte hätte hinunterschlucken können.

Sie holte tief Luft. „Ich hab dich auch vermisst. Damals waren wir ein gutes Paar."

„Ich glaube, dein Dad hat gewusst, dass wir wieder ein gutes Paar werden würden."

Als sie ihn ansah, funkelte etwas in ihren Augen. Etwas, das seinen Puls in die Höhe schießen ließ. So schnell wie ihr erhitzter Blick seinem begegnet war, löschte sie die Flamme auch wieder und versteckte sich hinter ausdruckslosen Augen.

„Warum hast du dich in deinem letzten Jahr an der Highschool von mir zurückgezogen? Du hast plötzlich dicht gemacht. Und dann bist du weggegangen."

Und da war sie. Die Frage, die immer unausgesprochen zwischen ihnen gestanden hatte – und die er zu vermeiden versucht hatte.

„Du warst die Tochter vom Boss. Ich war der Sohn des Managers. Und–" Er hielt inne, unsicher, ob es der richtige Zug war, doch sicher, dass es an der Zeit war, offen mit ihr zu sein. „Als Kinder war das okay, aber wir waren keine Kinder mehr."

Sie überraschte ihn, als sie mit verwirrter Miene auf ihn zu ging. „Ich bin immer deine Freundin gewesen, ganz egal, was war. Ich habe einen Fehler gemacht, als ich dir damals gesagt habe, was du mir bedeutest. Wenn ich gewusst hätte, dass dich das vertreiben würde, hätte ich nichts gesagt. Ich hatte nie gedacht, dass du mich ablehnen würdest."

„Tut mir leid, Lori."

Ihren Augen war der Schmerz anzusehen. „Du bist gegangen und hast neue Freunde gefunden. Mich hast du hängen lassen. Und dann bist du an die Uni gegangen und hast mich kaum zur Kenntnis genommen, bevor du gegangen bist."

„Wir müssen nicht alte Wunden aufreißen." Er hatte vor ihr so oft die Fassade fallen lassen, um wieder über die Linie zu steigen, die er in den Sand zwischen sich und ihr gemalt hatte, nachdem sein Dad ihm gesagt hatte, dass sein Job auf dem Spiel stand, wenn er eine romantische Beziehung mit Lori einging. An eine Uni außerhalb zu gehen war der perfekte Ausweg für ihn gewesen.

„Nein, ich glaube es ist an der Zeit, dass wir darüber reden." Sie schob stur das Kinn vor. „Ich habe die Nase voll von unbeantworteten Fragen. Ich habe was für dich empfunden, und du hast mich abblitzen lassen. Es hat weh getan, und ich glaube, ich habe das

Recht zu wissen, warum du das getan hast."

Er musste sich über alle Maßen zusammenreißen, sie nicht an sich zu ziehen. Sie stand nur einen Schritt von ihm entfernt und der Schmerz, vermischt mit Feuer und Anklage brachte ihn an seine Grenzen. „Ich habe dich nie verletzen wollen. Ich habe getan, was ich tun musste."

„Zu dumm nur, *dass* du mir dabei wehgetan hast. Ich habe etwas für dich empfunden", presste sie heraus.

„Du warst mir auch nicht egal. Lori, du warst die Tochter vom Boss meines Vaters. Ich hatte dir nichts zu bieten."

Sie zuckte zurück, als hätte er sie geschlagen. Sein Herz raste. „Du hattest alles."

„Was? Ich habe nichts besessen, nicht einmal ein Auto. Dir hat die Ranch gehört. Ich war ein Ranchhelfer. Weißt du, was die Leute gesagt hätten, wenn ich es gewagt hätte, mehr als nur ein Freund zu sein? Sie hätten gesagt, dass ich dich nur benutzen wollte, um aufzusteigen."

Sie biss die Zähne zusammen. Ihre Augen

glitzerten. „Du bist gegangen und hast dich vor mir verschlossen, damit die Leute nicht reden? Die Leute werden immer reden und mich schert das einen feuchten Dreck.“

„Doch ich konnte das nicht zulassen. Ich konnte nicht derjenige sein. Und dann war da noch die Tatsache, dass mein Dad Angst hatte, seinen Job zu verlieren, falls ich dir meine Gefühle zeigte und es zwischen uns nicht klappte.“

Sie lachte bitter. „Daddy hätte das nicht getan. Und ich würde das auch nicht tun.“

„Es hätte nicht funktioniert.“

„Komisch. Ich hatte dich nie für einen Feigling gehalten.“

Er holte scharf Luft. „Ich bin kein Feigling. Ich habe getan, was ich tun musste.“

„Ach wirklich! Dann hast du einfach angenommen, dass wir – du und ich – es nicht schaffen würden, wenn wir unseren Gefühlen gefolgt wären? Und dass ich dich geringer schätzen würde, weil meinem Daddy eine Ranch gehört hat?“

„Eine Ranch, die einmal dir gehören würde.“

Sie funkelte ihn böse an. „In meinem Herzen wusste ich, dass das der Grund war, warum du dich von mir zurückgezogen hast." Sie wirbelte herum und ging zu ihrem Pferd. In einer geübten Bewegung hob sie die Zügel auf, legte die Hand aufs Sattelhorn, setzte den Fuß in den Steigbügel und schwang sich in den Sattel.

„Diese Ranch ist zu einer Belastung für mich geworden, nachdem du gegangen bist. Erst hat sie mich dich gekostet, und jetzt auch noch meinen Dad." Sie riss den Blick von ihm los und ließ mit finsterer Miene den Blick über die Schönheit um sie herum schweifen. „Das ist zu viel."

Er blickte ihr nach, als sie durch den Bach ritt und auf der anderen Seite das Pferd zum Galopp in Richtung Haus trieb.

Trip bewegte sich nicht. Er konnte sich nicht bewegen. Er blickte ihr einfach nur nach.

War er ein Feigling?

Hatte er die Reaktionen aller anderen einfach als gegeben hingenommen, weil sein Dad es getan hatte?

Aber was hielt ihn jetzt noch zurück?

KAPITEL SECHS

Wut trieb Lori dazu, schnurstracks nach Hause zu reiten, ohne sich auch nur einmal umzudrehen. Ihr war egal, ob Trip ihr folgte oder nicht. Sie hatte ihre Wut auf ihn tief vergraben – das hatte sie gemusst, sonst hätte sie sie in den Wahnsinn getrieben. Bis zu diesem Moment hatte sie nicht einmal zugegeben, dass sie die Ranch gehasst hatte. Oh, sie hatte es gespürt, nachdem Trip sich zurückgezogen hatte, denn sie hatte gewusst, dass sie eine Rolle dabei gespielt hatte. Sie hatte Ohren, und sie hatte gehört, wie die anderen Jungs ihn aufgezogen hatten, dass er sie heiraten sollte, denn sie und die Ranch gab's nur im Paket. Doch er war nur ihr Freund gewesen und hatte gesagt, dass sie den Unsinn lassen sollten.

Doch am Ende hatten die Bemerkungen doch ins Schwarze getroffen.

Und so sehr sie es auch leugnen wollte, doch sie und die Ranch gab es tatsächlich nur im Paket. Und die Ranch war eine Menge wert … genug, um einen Mann wie Trip zu vertreiben.

Als sie zurück war, drückte sie einem der Ranchhelfer die Zügel ihres Pferdes in die Hand und ging zum Haus. Sie wollte heute nicht mehr mit Trip reden.

Sobald sie ihr Büro betrat, klingelte das Telefon und riss sie aus ihren Gedanken. Dankbar für die Ablenkung nahm sie den Hörer ab.

„Lori, Madge Clark hier. Ich bin die Sekretärin vom Oklahoma Buckout Rodeo. Ich muss mit Ihnen reden."

Angst kroch in ihr empor. „Sicher. Was kann ich für sie tun?" Sie hatte diesen Anruf erwartet.

Das Buckout Rodeo hatte ausdrücklich ihre fünf besten Pferde gebucht. Und die waren verschwunden. Sie hatte sich schon gefragt, wie lange es dauern würde, bis sie davon erfuhren und anriefen. Offensichtlich machte die Nachricht bereits die Runde.

Madge verschwendete keine Zeit. „Wie Sie ja wissen, sind bei unserem Event die besten Broncos vertreten. Und, nun ja, wir haben gehört, dass Cimarron Trouble und Ihre anderen vier Top-Pferde verschwunden sind. Haben Sie schon irgendwas gehört?"

„Bis jetzt noch nicht. Wir haben die Knight Agency engagiert und die TSCRA, weil uns dazu auch noch Vieh gestohlen wurde."

„Du meine Güte! Aber gut, wenn irgendjemand sie finden kann, dann diese beiden. Haben Sie irgendwelche Hinweise? Furchtbar, dass Ihnen so was passiert ist. Und so leid es mir tut, wenn Ihre Top 5 nicht kommen können, müssen wir jemand anderen beauftragen."

Lori rieb ihre Schläfen. Sie bekam Kopfschmerzen. Ihr ganzer Körper spannte sich an.

„Um ganz ehrlich zu sein, Madge, im Moment haben wir noch keine Hinweise. Wir kennen noch nicht einmal das Motiv. Doch die Tiere sind gebrandmarkt, darum dürfte es dem Dieb schwerfallen, sie zu verkaufen. Lange dürften sie damit nicht durchkommen."

„Das denke ich auch. Doch wenn sie nicht bald gefunden werden, muss ich Stan Kramers Tiere bestellen, da sie im Ranking höher stehen als Ihre anderen Pferde. So ist es bei unserem Event nun einmal."

Lori war niedergeschlagen. Genau das hatte sie befürchtet. Um ins Finale zu kommen, brauchten ihre Pferde dieses Rodeo. „Können Sie mir zumindest bis nach Fort Worth Zeit geben, bevor Sie den Vertrag stornieren?"

„Das können wir machen. Und ich wünsche Ihnen alles Glück der Welt, dass Sie sie finden. Ich melde mich nach Fort Worth wieder bei Ihnen."

Lori lehnte ihren Kopf an den Sessel ihres Vaters und schloss die Augen. „Okay, danke." Nachdem sie das Telefonat beendet hatten, stand Lori auf und ging im Büro auf und ab.

Als sie stehen blieb und aus dem Fenster blickte, sah sie Trip zu seinem Truck gehen. Sie musste ihm berichten, was Madge gesagt hatte, doch nicht jetzt. Sie konnte sich heute nicht noch einmal mit ihm auseinandersetzen. Nicht, nachdem sie so die Beherrschung verloren hatte.

Ganz gleich, was zwischen ihnen stand, sie würden die Ranch zusammen leiten müssen, oder sie musste zurück nach Houston gehen, und wenn sie ehrlich war, wusste sie nicht, was sie tun wollte.

Doch heute Abend würde sie sich in einer heißen Badewanne entspannen und sich ein Hörbuch anhören, um für ein paar Stunden der Realität und allem um sie herum zu entfliehen. Und wenn sie Glück hatte, würde sie schlafen und beim Aufwachen bereit sein, sich einem neuen Tag zu stellen.

Am Morgen nach ihrem Streit ging Trip zum Haus, um Lori zu sehen – müde und alles andere als guter Stimmung, nachdem er die ganze Nacht kaum ein

Auge zugetan hatte. Seine Männer hatten sich schnell zu ihren Jobs für den Tag davon gemacht, einschließlich Harvey. Dieser Mann irritierte ihn und schien sich große Mühe zu geben, gefeuert zu werden. Trip war sich nicht sicher, warum er überhaupt noch hier war, doch er behielt ihn im Auge. Er wollte ihn nicht rauswerfen – zumindest noch nicht.

Mike andererseits hörte gar nicht auf, sich dafür zu entschuldigen, dass sie den Trailer allein gelassen hatten, und der Junge arbeitete härter als alle anderen, um seinen Job zu behalten. Trip ging davon aus, dass er in der Nacht, in der der Trailer mitsamt den Pferden gestohlen worden war, nur getan hatte, was Harvey ihm aufgetragen hatte.

Trips Freund Vance Presley hatte an diesem Morgen angerufen und ihn gewarnt, dass sie Viehdiebe auf einer ihrer Weiden, die an Loris Land grenzten, erwischt hatten. Als Trip den Hörer aufgelegt hatte, hatte er eine Entscheidung getroffen und war nun auf dem Weg zu Lori. Sie hatten vielleicht ihre Probleme, doch er war immer noch ihr Vorarbeiter und wollte seinen Job gut machen. Er kam gerade aus dem Stall, als er Lori das Haus verlassen sah. Sein Magen zog sich zusammen, als sie in seine Richtung kam.

Gestern hatte er gelitten angesichts des Kummers, den er ihr bereitet hatte. Doch er war überzeugt, dass jetzt nicht die rechte Zeit dazu war, sie noch mehr unter Druck zu setzen, indem sie ihre Vergangenheit und mögliche Zukunft diskutierten. Jegliche Hoffnung, ihre Ressentiments zu überwinden, hatte gestern einen ziemlichen Schlag einstecken müssen. Er hatte sie nach dem Ritt in Ruhe gelassen, da er zu dem Schluss gekommen war, dass beide Zeit brauchten, um sich zu sammeln, auch wenn er ihr mit jeder Faser seines Seins hatte folgen wollen.

„Ich habe Neuigkeiten", sagte sie und blieb an der Ladefläche seines Trucks stehen, um die Distanz zwischen ihnen zu wahren.

Sie sah müde aus, als hätte sie auch nicht geschlafen.

„Was ist passiert?"

„Das Buckout hat angerufen. Wenn wir unsere Pferde nicht bis spätestens nach Fort Worth wiedergefunden haben, geben sie Ray Kramer den

Vertrag."

Er verzog das Gesicht. „Das hatte ich schon befürchtet. Wenn Kramer nicht so ein Idiot wäre, wäre es nicht so schlimm. Aber Kramer ist nun einmal ein Idiot."

„Was meinst du? Ich kenne ihn nicht. Er muss in den Zirkus eingestiegen sein, als ich weg war."

„Lass uns einfach sagen, dass die Chancen, dass wir jemals Freunde werden, äußerst gering stehen. Aber wir werden deine Pferde finden", sagte er, entschlossener denn je, sie zurückzuholen.

„Unsere Pferde. Sie gehören dir genauso wie sie mir gehören."

Er nickte, doch er sah eine kühle Distanz in ihren Augen, die ihm gar nicht gefiel. Er wollte den Funken einer Verbindung sehen, der sonst immer da war, selbst wenn sie sich bemühte, es nicht zu zeigen. An diesem Morgen war dieses Licht jedoch verschwunden, und es beunruhigte ihn. Aber offensichtlich versuchte sie genau wie er, die professionelle Ebene wiederzufinden, auf der sie vor dem Ausritt gestern balanciert waren.

„Ja, ich weiß. Wir werden sie finden. Ich wollte mit dir über eine Idee reden. Im Moment bin ich nicht bereit, irgendjemandem, der hier arbeitet, zu vertrauen, darum habe ich entschieden, dass ich die Presleys einweihen werde. Ich denke, wir brauchen ein paar extra Augen und Ohren in Fort Worth. Und wenn ich ehrlich bin, hier auch. Dein Dad hat mich eingestellt, um deine Interessen zu wahren, und genau das habe ich vor. Darum möchte ich Vance und seine Familie in dieser Sache hinzuziehen. Natürlich nur, wenn du einverstanden bist."

Wenn es jemanden gab, von dem er wusste, dass er ihm vertrauen konnte, dann waren es Vance, seine vier Brüder und sein Dad. Marcus, sein Vater, war Ray Calhouns bester Freund gewesen. Er hätte ihnen auch vertraut.

„Sicher. Ich vertraue ihnen. Es überrascht mich sogar ein bisschen, dass Marcus noch nicht angerufen hat, um sich nach mir zu erkundigen, aber ich glaube, sie waren letzte Woche bei Lanas Hochzeit in Florida."

„Ja, sie waren da, aber zwischenzeitlich sind sie wieder zu Hause. Und Vance hat angerufen und gesagt, dass jemand Vieh von einer Weide gestohlen hat, die an dein Land angrenzt. Ich will rüber reiten und mit ihnen darüber reden – über alles."

„Viehdiebe. Ich hab so die Nase voll von denen", knurrte sie und schnitt eine angewiderte Grimasse. „An was hast du gedacht? Ich bin dabei und will mit dir rüber gehen."

Trip hasste die Spannung zwischen ihnen. Gestern war es ihnen gelungen, einen Moment lang die Zeit zurückzudrehen, und es war wieder wie früher gewesen. Das wollte er zurück…

Er war sich nur nicht sicher, ob es je wieder so sein würde.

Doch jetzt hatte er einen Job zu erledigen.

KAPITEL SIEBEN

ori fiel es schwer, die Wirkung, die Trip auf sie hatte, zu ignorieren. Doch es gelang ihr nicht. Sie hätte schon seit Jahren darüber hinweg sein sollen, doch sie hatte es so lange unterdrückt, dass er trotz allem noch eine Wirkung auf sie hatte.

„Vance reitet im Wettbewerb, und ich will, dass er die Augen und Ohren nach allem, was nur annähernd verdächtig erscheint, offen hält. Die Jungs würden alles tun, um dir zu helfen."

Das stimmte. Die Presleys waren schon immer ihre Nachbarn gewesen. Fünf Jungs und ein Mädchen.

Mit Lana, die eben geheiratet hatte, war sie als Kind befreundet gewesen. Soweit sie wusste, waren die Jungs noch alle Single und leiteten gemeinsam die Ranch.

„Willst du jetzt rüber gehen und sehen, wer da ist?'

„Klar, warum nicht." Sie stiegen in den Truck, und sie spürte, dass Trip ihr auf der Fahrt verstohlene Blicke zuwarf. Er würde ihren Streit nicht ansprechen. Sie auch nicht … sie würde es aussitzen und wieder in der Dunkelheit versinken lassen.

Vance und Drake waren die ersten Presleys, die sie sahen, als sie zu ihrem Reitplatz fuhren. Sie beobachteten eine Gruppe von Pferden auf der angrenzenden Koppel.

„Hey, Kleine", sagte Drake und lächelte mit glitzernden Augen.

Sie lachte, als er sie umarmte. Sie hatten einander ein paarmal gesehen, seit sie nach Hause gekommen war, und er hatte ihr immer seine Hilfe angeboten. Drake war der Älteste und hatte sie und Lana immer aufgezogen. Wem versuchte sie, etwas vorzumachen?

Alle hatten Lana und sie aufgezogen.

„Du siehst müde aus", sagte Vance und sah sie besorgt an, als er sie umarmte.

„Nicht der Rede wert", sagte sie und warf Trip einen Blick zu. „Wie war Lanas Hochzeit?"

Drake sah zufrieden aus. „Großartig. Nach der Hochzeitsreise wird Lana wieder nach Texas ziehen, und darüber freuen wir uns natürlich sehr."

„Cam hat eine Ranch drüben in Henderson", fügte Vance hinzu. „Und er ist ein guter Kerl. Seine Familie hat ein Hotel in Windswept Bay. Es war schön. Nicht, dass ich auf Strand stehe, aber Lana hat es gefallen."

Cooper kam auf sie zu und lauschte. „Aber wir sind froh, dass sie einen Cowboy geheiratet hat, der sie wieder zurück nach Texas bringt. Florida ist schön, aber Lana gehört nach Texas." Er lächelte, dann umarmte er Lori. „Schön dich zu sehen, Fremde."

„Fremde? Ich hab dich letzte Woche beim Abendessen mit einer hübschen Blonden im Diner gesehen."

Er grinste. „Du willst mich ja nicht heiraten, darum muss ich mich weiter umsehen."

Sie lachte.

Cooper war ein notorischer Flirter. Er warf Trip einen Blick zu. „Du musst mit Lori den neuen Laden im Ort ausprobieren. Ist schön und das Essen ist lecker.“

Trip begegnete ihrem Blick, und ihr wurde warm. „Vielleicht mache ich das“, sagte er zu ihrer Überraschung. „Aber zuerst… wir sind gekommen, um euch um Hilfe zu bitten. Habt ihr gehört, dass Loris Top Pferde nach dem Rodeo in Mesquite gestohlen worden sind? Ist schon ein paar Tage her, aber ihr wart ja alle mit der Hochzeit beschäftigt.“

„Was?“, knurrte Vance.

„Wer war es? Die Viehdiebstähle nehmen langsam wirklich Überhand.“

Brice, der auf seinem Pferd angeritten kam, hatte alles mit angehört. „Wem sagst du das“, sagte er mit ernster Miene.

Während seine Brüder die Nachricht verarbeiteten, sagte Shane: „Uns haben sie eine Ladung Vieh gestohlen, als wir weg waren. Wir wollten uns gerade um das Problem kümmern. Dir haben sie letzte Woche eine Ladung gestohlen, nicht wahr? Und jetzt die Pferde. Ich habe TSCRA angerufen und sie alarmiert.“

„Haben wir auch gemacht. Und die Knight Agency untersucht die Sache mit den Pferden, da es bei einem WRC Rodeo passiert ist.“

„Glaubt ihr, dass es irgendeinen Zusammenhang gibt?“, fragte Vance.

Trip zuckte mit den Schultern. „Wir warten auf ein Update von den Knights. Aber ich bin mir nicht sicher, ob die Diebstähle etwas miteinander zu tun haben. Das Problem ist, wir wissen nicht, wem wir vertrauen können. Es könnte jemand sein, der auf der Ranch arbeitet. Ihr wisst ja, dass das leider oft so ist. Oder es ist jemand, der für euch arbeitet. Und dann das Rodeo … also, wer weiß? Wir wollen die beiden, die für den Trailer verantwortlich waren, nicht beschuldigen, doch Sean Knight ist argwöhnisch. Er war am Tag nach dem Vorfall da, hat sich umgesehen und Fragen gestellt. Es könnte allerdings auch was Persönliches sein. Wir haben ein paar Männer entlassen, nachdem Lori die Ranch übernommen hat.“

Drake blickte angestrengt zwischen beiden hin

und her. „Was habt ihr also vor? Und wie können wir helfen?"

„Genau", sagte Cooper. „Was auch immer ihr braucht, wir helfen euch."

Fünf toughe Cowboys bauten sich neben Trip auf, und sechs Augenpaare blickten Lori an. Ihre Knie wurden weich, als sie die geschlossene Front ihrer Freunde sah.

„Bitte schön", sagte Trip. „Wir stehen alle hinter dir."

Marcus Presleys schwarzer Dodge Pick-up kam die Auffahrt hinauf und hielt auf dem gekiesten Platz vor ihnen an. Marcus stieg aus und ging auf sie zu. Besorgt sah er die Gruppe an. „Was gibt's? Lori, ich habe gerade einen Anruf von einem Freund bekommen, der mir erzählt hat, dass deine Pferde in Mesquite gestohlen worden sind."

„Und wieder mal ist Dad der erste, der davon hört", sagte Drake und lachte trocken.

Marcus umarmte Lori und sah sie voller Zuneigung an, bevor er sie wieder losließ. „Bist du hergekommen, um darüber zu reden?", fragte er. „Du kannst dir sicher sein, dass wir das nicht einfach so durchgehen lassen werden."

„Danke, Mr. Presley. Ja, wir haben den Jungs gerade davon erzählt. Wir wollten uns überlegen, wie wir weiter vorgehen wollen."

Er nickte. „Gut. Dann bin ich ja froh, dass ich noch rechtzeitig dazu gestoßen bin."

Trip brachte Marcus auf den neusten Stand, dann sah er Vance an. „Du reitest in Fort Worth, und ich hoffe, dass du deine Augen und Ohren offen halten wirst, falls dir irgendwas Verdächtiges über den Weg läuft. Du weißt schon, wenn irgendwas nicht normal wirkt. Wenn du jemanden siehst, der in der Arena oder bei den Trailern rumschleicht, der nicht da sein sollte. Wir wissen nicht, ob derjenige noch andere Tiere stehlen wird. Vielleicht hatte er es ganz speziell auf Lori abgesehen."

„Stimmt", nickte Drake.

„Wenn mir irgendwas auffällt, sage ich Bescheid", sagte Vance schnell. „Ihr könnt auf mich zählen."

Seine Brüder nickten zustimmend.

„Wir können uns unauffällig unter die Leute

mischen, da alle glauben werden, dass wir da sind, um Vance beim Wettkampf zu sehen“, sagte Marcus. „Dabei können wir ganz gezielte Fragen stellen.“

„Dann machen wir das so“, sagte Cooper, und die übrigen Brüder stimmten zu.

Lori war überwältigt von ihrer Unterstützung. „Ihr bringt mich noch zum Weinen, das kann ich doch nicht von euch verlangen.“

Trip legte den Arm um sie und zog sie an seine Seite. Seine Geste berührte sie tief und ließ ihren Streit vom Vortag bedeutungslos erscheinen.

Drake lächelte. „Dafür sind Freunde doch da.“

„Ich bin so dankbar, dass ich euch habe. Daddy lächelt jetzt gerade, da bin ich mir sicher.“

Marcus grinste. „Er würde bei uns spuken, wenn wir dir nicht helfen würden.“

„Da haben Sie wahrscheinlich recht.“ Alle lachten, denn das wäre ihrem Vater durchaus zuzutrauen gewesen. Sie vermisste ihn so sehr, doch umgeben von ihren Freunden und ihrer wunderbaren Unterstützung fühlte es sich an, als wäre er bei ihr.

Mit diesem Plan machten sie und Trip sich wieder

auf den Weg nach Hause.

„Du bist nicht allein", sagte Trip leise, als sie losfuhren.

„Ich weiß." Sie hatte gute Nachbarn und Freunde, und es half zu wissen, dass all diese großen starken Cowboys zu ihr standen. „Danke, Trip. Uns verbindet eine Vergangenheit, über die wir hinweg kommen müssen, da gebe ich dir recht. Doch Daddy wusste, was er getan hat, als er dich eingestellt hat. Tut mir leid, dass ich gestern so wütend auf dich war."

Er nahm seine rechte Hand vom Lenkrad und ergriff ihre Hand, hielt den Blick dabei jedoch weiter auf die Straße gerichtet.

„Du hattest jedes Recht dazu." Er bremste den Truck auf der einsamen Landstraße ab und wandte sich ihr zu. „Lori, es tut mir leid. Wir sind … kompliziert. Das gebe ich zu. Doch du musst wissen, dass ich für dich da bin, genau wie die Presleys. Ich kann dir nicht garantieren, dass wir deine Pferde vor Oklahoma zurück bekommen, aber wenn sie noch am Leben sind, werden wir sie finden. Versprochen."

Sie glaubte ihm. Seine Worte bedeuteten ihr viel.

„Das glaube ich auch. Danke." Seine Hand auf ihrer fühlte sich so gut an. Seit ihr Dad gestorben war, hatte sie sich allein und distanziert gefühlt, doch in diesem Moment war das nicht so.

Sie drehte ihre Hand um, damit sich ihre Handflächen berührten. Sie schloss die Finger um seine und drückte zu. Als er den Druck erwiderte, stoben Schmetterlinge auf, flatterten durch ihre Brust und brachten Licht in die dunklen Winkel ihres Herzens.

Und es jagte ihr eine Todesangst ein … denn ein offenes Herz war der Gefahr ausgesetzt, wieder gebrochen zu werden.

Auf der weiteren Fahrt zur Ranch raste Trips Herz, und er musste sich sehr zusammenreißen, Lori nicht in seine Arme zu ziehen und sie zu küssen, wie er es sich immer erträumt hatte. Doch jetzt war nicht der richtige Zeitpunkt. Jetzt war es wichtig, dass er seinen Job gut machte und für sie da war. Sie musste immer noch mit dem Verlust ihres Vaters fertig werden. Und dann auch noch der Diebstahl der Rinder und der Pferde obendrauf. Sie musste sowieso schon zu viele

Probleme balancieren, doch das machte es auch für ihn nicht gerade leichter.

Als er vor dem Haus anhielt, klingelte sein Handy. „Das ist Jesse Knight. Er ist der letzte der Knight-Brüder, mit dem ich geredet habe. Ich komme mit dir ins Haus, dann können wir gemeinsam mit ihm reden."

Sie nickte und stieg aus. Er nahm den Anruf an und folgte ihr ins Haus. „Hey Jesse. Schön, von dir zu hören." Er trat hinter Lori ins Büro.

„Ich habe Neuigkeiten."

„Gut. Ich bin hier bei Lori in ihrem Büro. Ich stelle dich auf Lautsprecher."

„Okay", sagte Jesse. „Hi Lori. Es dürfte euch beide interessieren, was wir rausgefunden haben. Euer Mann Harvey hat mal für Kramer gearbeitet. Wusstet ihr das? Nachdem Lori gerade erst wieder auf die Ranch zurückgekehrt ist, gehe ich mal davon aus, dass sie es nicht wusste, aber was ist mit dir, Trip?"

Trip runzelte die Stirn. „Nein, das wusste ich nicht. Er war schon hier, als mein Dad noch die Ranch gemanagt hat, doch ich glaube, Ray hat ihn eingestellt. Er war alles andere als kooperativ, seit die Pferde gestohlen worden sind." Trip gefiel diese Neuigkeit ganz und gar nicht. „Ich hatte befürchtet, dass es ein Insider gewesen sein könnte, aber ich habe ehrlich gesagt gehofft, dass dem nicht so ist."

„Ich auch", sagte Lori und sah ihn mit gequälter Miene an.

„Das verstehe ich", stimmte Jesse zu. „Aber das sieht nicht gut aus. Stan Kramer hat nicht gerade den besten Ruf unter den anderen Rodeozüchtern, aber man kann nicht leugnen, dass er ein paar Pferde hat, die ziemlich steil aufgestiegen sind."

„Kannst du laut sagen", brummte Trip. Er hatte seine Zusammenstöße mit Kramer gehabt. „Seine Pferde mögen zwar gut sein, aber wie er mit ihnen umgeht ist ein ganz anderes Thema. Eines unserer Pferde hat Koliken gehabt, einen Monat, nachdem ich den Job hier angenommen habe. Ich konnte Kramer nichts nachweisen, aber wir hatten den Verdacht, dass er etwas in unser Futter gemischt hat. Und nachdem unser Pferd dadurch ausgefallen ist, hat sein Gaul den Vertrag bekommen."

Lori riss die Augen auf. „Hat Dad ihn verdächtigt,

das Futter manipuliert zu haben?"

„Ja. Doch einen ganzen Trailer voller Pferde zu stehlen wäre verdammt dreist. Und da seine fünf automatisch den Platz unserer Pferde einnehmen würden, wäre das ein bisschen zu gewagt."

„Ja", stimmte Jessi zu. „Doch wenn er verzweifelt genug ist, würde ich es ihm zutrauen."

Adrenalin schoss durch Trips Adern. „Ist er das?"

„Sean, Michael und ich glauben das. Wir haben gehört, dass die Bank kurz davor steht, ihm den Geldhahn zuzudrehen. Und Carly, meine Frau, hatte mit ihrer eigenen Firma auch Probleme mit ihm. Sie ist auch nicht überrascht von allem, was passiert ist. Wir haben in aller Stille weitere Untersuchungen über Kramers Geschäfte eingeleitet und wollten nur, dass ihr das wisst."

„Was sollen wir wegen Harvey unternehmen?", fragte Trip. Doch sein Bauchgefühl sagte ihm, dass sie nichts aus ihm herausbekommen würden.

„Unternehmt erst einmal nichts. Lasst uns noch ein bisschen tiefer graben. Aber ich muss euch natürlich nicht sagen, dass ihr die Augen offen halten müsst. Wir wollen alle nach Fort Worth kommen. Wir haben ein paar Fälle parallel laufen, aber im Moment haben wir uns auf euren eingeschossen."

„Okay, danke. Dann sehen wir euch dort", sagte Trip.

„Danke, Jesse. Ich bin wirklich dankbar für eure Hilfe. Bis dann in Fort Worth." Sie runzelte die Stirn, als er auflegte. „Mir gefällt das gar nicht. Ich weiß, dass Harvey die ganze Zeit über ziemlich abwehrend war, aber ich will das einfach nicht glauben. Er arbeitet schon so lange hier."

„Ja, mir gefällt es auch nicht. Aber mein Bauchgefühl sagt mir, dass es kein Zufall ist. Er ist ziemlich gereizt, seit ich hier angefangen habe. Schau, alle arbeiten heute mit dem Vieh auf der Nordweide, und ich muss dort nach dem Rechten sehen. Doch danach will ich nach dem Vieh auf der Südweide sehen, das ist ganz in der Nähe von der Stelle, wo Presleys Rinder verschwunden sind. Vielleicht haben sie uns auch bestohlen und wir wissen es noch nicht einmal."

„Ich komme mit dir. Ich bin das alles so leid. Und

ich fühle mich so verloren. Das ist meine Ranch, und da kann sich jemand auf etwas gefasst machen, wenn er denkt, dass ich ein leichtes Ziel bin."

Trip musste lächeln. Das Feuer war in ihren Blick zurückgekehrt. „Aber hallo. Da ist sie ja endlich. Willkommen zu Hause, Lori Calhoun."

Trotz allem musste sie lachen. „Danke. Dann lass uns jetzt nach den Tieren sehen. Und danach gehen wir die Bücher über unsere Rodeotiere durch. Ich will die Unterlagen des kranken Pferdes sehen, das du gerade am Telefon erwähnt hast. Das, das von Kramers Pferd ersetzt worden ist. Ich weiß, dass du und Daddy vorhattet, unsere Rodeopferdezucht zur besten in der Gegend zu machen, und das will ich auch, Trip. Besonders jetzt."

„Besonders jetzt?", fragte er.

Ihre Augen glitzerten. „Jetzt, wo ich mich entschlossen habe, nicht wieder zu gehen. Ich bleibe, Trip. Kannst du damit umgehen?"

Sein Herz donnerte gegen seine Rippen. „Natürlich kann ich das."

KAPITEL ACHT

Später fuhren sie hinauf zur Nordweide, wo die Männer die Jungrinder brandmarkten und impften. Noch bevor sie aus dem Truck gestiegen waren, kam Harvey auf sie zu galoppiert, hielt sein Pferd auf Trips Seite an und blickte finster auf ihn herab.

„Glaubt ihr jetzt etwa nicht einmal mehr, dass ich in der Lage bin, mit dem Vieh zu arbeiten?"

Lori reagierte sofort gereizt. „Was hat er gesagt?", zischte sie. Sie wollte ihren Ohren nicht trauen. Trip legte eine Hand auf ihren Arm und sie schwieg.

„Harvey", sagte Trip, während er sanft ihren Arm drückte. „Ich habe keinen Zweifel daran, dass du hier klar kommst, doch unser *Boss* möchte sich ihr Vieh ansehen", sagte Trip mit kalter Stimme. „Es hat nichts mit dir zu tun. Wir sind nur hier, um ein paar Minuten zuzusehen, dann fahren wir weiter."

„Na klar. Als ob ich das glauben würde." Er lenkte das Pferd herum und galoppierte zurück zur Herde.

Tip stieg aus dem Truck, und sie folgte seinem Beispiel. Sie kochte vor Wut. „Was bildet er sich ein, wer er ist?", knurrte sie.

„Immer mit der Ruhe, Boss." Trip schmunzelte. „Ich bin mir nicht sicher, was er damit erreichen will, aber für den Moment will ich darüber hinweg sehen. Ich bin hier, um ihn ein bisschen zu provozieren. Wir wollen, dass er unüberlegt handelt. Seinen Köder werde ich nicht schlucken. Ich kann auf meinen Moment warten."

„Wie du denkst. Für den Moment. Doch er macht es uns nicht gerade leicht."

Er zwinkerte ihr zu. „Geduld. Nur ein paar Minuten, dann fahren wir auf die andere Weide und sehen nach den anderen Tieren."

„Tu, was du für richtig hältst. Doch mein Geduldsfaden mit ihm ist zum Zerreißen gespannt, darum sollte er mir besser nicht noch einmal dumm kommen."

Er lachte leise. „Resolut. Gefällt mir."

Lori war es heißer, als sie es je empfunden hatte, als sie wieder in den Truck stiegen und über die Weiden zum anderen Ende der Ranch fuhren. Die Tatsache, dass Harvey so streitlustig und wahrscheinlich verantwortlich für den Diebstahl ihrer Pferde war oder zumindest dabei geholfen hatte, ging ihr unter die Haut wie ein glühender Schürhaken. Sie war nicht mehr so wütend gewesen, seit Trip sich auf der Highschool von ihr zurückgezogen hatte und die Seifenblase ihrer Zukunftsträume mit ihm geplatzt war.

Doch sie verdrängte diesen Gedanken. Sie konnte nicht dauernd auf der Vergangenheit herumreiten … sie musste sie hinter sich lassen und sich auf das Hier und Jetzt konzentrieren. Auf die Ranch. Harvey schien zu versuchen, das Vermächtnis ihres Vaters, die Ranch, die er für sie aufgebaut hatte, und das Geschäft, das sie und Trip gemeinsam führten, zu sabotieren. Und selbst wenn er nicht der Schuldige war, tat er sich mit seinem Verhalten nicht gerade einen Gefallen.

„Bist du okay, da drüben?", fragte Trip schließlich. „Hast du dich wieder ein bisschen beruhigt? Ich hab gesehen, dass du vorhin fast explodiert wärst."

„Harvey hat ein echtes Problem. Und es ist nicht nur, weil der Trailer mitsamt den Pferden verschwunden ist. Sein Verhalten ist geradezu bizarr, und ich kann es nicht viel länger ertragen."

Trip sah sie mit zusammengekniffenen Augen an. „Du warst gut. Es ist wichtig, dass er nicht mitbekommt, dass wir ihn verdächtigen. Lass ihn für den Moment sein, wie er will. Wenn wir herausfinden sollten, dass er die Pferde gestohlen hat, ziehe ich ihm das Fell über die Ohren."

„Du hast ja recht, ich bin gerade nur so wütend. Ich vermute, dass er gedacht hat, dass er den Managerjob bekommt, als dein Dad in den Ruhestand gegangen ist. Ich glaube, er hegt einen Groll gegen meinen Dad, was automatisch die ganze Ranch, mich und dich mit einschließen würde, weil du den Job bekommen hast, von dem er geglaubt hat, dass mein Dad ihn ihm geben würde."

„Kann gut sein, dass du recht hast, aber wir werden sehen. Bald."

„Das hoffe ich. Vielleicht machen die Diebe ja auch einen Fehler oder die Knights finden mehr über sie heraus. Oder wer weiß, vielleicht ertappen wir sie auf frischer Tat. Das würde mir ehrlich gesagt gefallen, denn ich bin so wütend wie schon lange nicht mehr. Ich bin so wütend wie damals, als du dich von mir zurückgezogen und dir neue Freunde gesucht hast und dann an die Uni–" Die Worte sprudelten nur so heraus, bevor sie ihnen Einhalt gebieten konnte. Trip verstummte. Seine Hände schlossen sich fester ums Lenkrad und seine Kiefermuskeln zuckten vor Anspannung, doch er sah sie nicht an und sagte auch nichts.

Vielleicht war es eine gute Sache, dass er begriff, wie wütend sie gewesen war. Trip hatte seine Gründe gehabt, warum er getan hatte, was er getan hatte – was sie immer noch nicht ganz verstand, doch das änderte nichts daran, wie verletzt sie gewesen war.

Dennoch erinnerte eine leise Stimme der Vernunft sie daran, dass er ihr Freund gewesen war, doch er hatte nie gesagt, dass er sie liebte. Er hatte ihr gegenüber keinerlei Verpflichtungen gehabt. Damals wie heute. Und selbst wenn sie ihn liebte, sie musste sich mit dieser Tatsache abfinden.

Sie biss sich auf die Lippe, während der Krieg in ihrem Kopf weiter tobte. Sie beobachtete ihn, doch er starrte geradeaus, so angespannt, wie sie ihn nie zuvor gesehen hatte.

Sie waren am Grenzzaun der Ranch angekommen, als sie die Herde am Fuße des Hügels sah. Trip hielt den Truck an und stellte den Motor ab. Anspannung füllte die Kabine wie dichter Nebel.

Als er ausstieg und die Tür hinter sich zuschlug, wurde ihr bewusst, wie aufgewühlt er war. Vielleicht war sie zu weit gegangen. Mit donnerndem Herzen ging sie ihm hinterher.

KAPITEL NEUN

Trip konnte kaum klar denken. Er redete sich zu, sich zu beruhigen, doch offensichtlich begriff Lori nicht, was er durchgemacht hatte, als er sich von ihr zurückgezogen hatte. Er konnte es nicht länger ertragen. Er ging um den Truck herum und sah sie an. Schmerz lag in ihren Augen.

„Trip, ich habe das Thema nicht schon wieder anschneiden w–"

„Lori, ich hatte dir nichts zu bieten. Das heißt nicht, dass ich dich nicht gewollt habe…" Er zog sie in seine Arme und sah, wie sie die Augen aufriss, bevor er seine Lippen auf ihre presste.

Er hörte ein leises Keuchen, dann schmolz sie an ihn. Ihre Arme legten sich um ihn, und sie erwiderte seinen Kuss. Er liebte sie von ganzem Herzen, sie hatte keine Ahnung, doch es war die Wahrheit.

Er spürte ihr Herz an seinem pochen, spürte jede Kurve ihres Körpers an sich und ihre weichen Lippen, die sich unter seinen bewegten. Er unterbrach den Kuss. „Lori, ich muss dich warnen. Wenn wir unsere Pferde finden, will ich vorwärts gehen, nicht zurück. Ich liebe dich und habe dich schon immer geliebt."

Tränen stiegen in ihre Augen.

„Bitte nicht weinen. Ich will nicht, dass du je wieder verletzt wirst. Ich will dich nur zum Lächeln bringen."

Sie lächelte sanft. „Jetzt höre ich vielleicht nie wieder damit auf."

„Dann machst du mich zu einem glücklichen Mann." Er strahlte.

Sie küsste seine Lippen. „Ich liebe dich. Danke, dass du mir die Wahrheit gesagt hast."

„Ich konnte es nicht ertragen, dich leiden zu sehen wegen etwas, das ich getan habe. Ich wollte dir Zeit geben zu trauern, und dann wurden die Rinder und die Pferde gestohlen, und ich wollte dich nicht noch mehr stressen. Aber indem ich mich zurückgehalten habe, habe ich dir nur noch mehr Stress bereitet."

Sie lehnte ihren Kopf an seine Brust. „Daddy kommt nicht zurück. Auch wenn ich ihn immer vermissen werde, habe ich mich langsam damit abgefunden. Doch mich so allein zu fühlen war das Schwerste. Und dann, nachdem ich dich vor so langer Zeit verloren habe, komme ich hierher zurück und versuche, jeden Tag mit dir zu arbeiten und mich nicht davon beeinträchtigen zu lassen … das hat alles so viel schwerer gemacht."

Er drückte sie an sich. „Du bist nicht allein, Darling. Ich bin für dich da. Es fühlt sich so gut an, dich in meinen Armen zu halten." Er schmiegte seinen Kopf an ihren, und sie hielten einander.

Lori konnte nicht fassen, endlich in Trips Armen zu sein. Dass er ihr seine Liebe gestanden hatte und versprach, in ihrem Leben zu sein.

Sie seufzte, öffnete die Augen und ließ den Blick über die Wirtschaftsgebäude schweifen, wo sie als Kinder zusammen gespielt hatten. „Ich habe so viele

Erinnerungen an uns, wie wir zusammen über die Ranch gewandert sind. Es fühlt sich so richtig an, dich hier bei mir zu haben."

„Ich bin froh, hier bei dir zu sein."

Ihr Blick fiel auf das kniehohe Gras. „Sind das Spuren?", fragte sie und hob den Kopf von seiner Brust.

„Wo?"

Sie deutete in Richtung Gras. Trip ließ sie los und ging zu der Stelle, an der das Gras niedergedrückt war.

„Ja, das sind welche. Ich habe aber schon ein paar Tage niemanden hier arbeiten lassen. Ich fürchte, wir hatten ungebetenen Besuch." Trips Gedanken rasten. „Ich habe den Verdacht, dass jemand deine Herde auskundschaftet. Viehdiebe haben Rinder von den Presleys gestohlen und wahrscheinlich in derselben Nacht nach deinem Vieh gesehen. Vance hat gesagt, dass sie einen ganzen Viehtransporter voll gestohlen haben, darum nehme ich an, dass sie bald hierher kommen werden."

„Dann müssen wir uns auf die Lauer legen", sagte Lori, Wut in ihrem hübschen Gesicht „Ich hab so die Nase voll davon."

Trotz allem lächelte er. „Ich auch. Ich werde mich die nächsten Nächte auf die Lauer legen und warten." Er ging ein Stück den Hügel hinunter, um den Spuren durch das hohe Gras zu folgen.

Lori folgte ihm. „Ich auch."

„Nein, du wirst–"

„Genau hier bei dir sein. Ich lasse dich das auf gar keinen Fall allein tun."

„Ich kann einen von den Presleys bitten, mich zu begleiten."

„Nein, ich mache das", sagte sie, stur wie immer.

„Wie du willst. Aber du hältst dich zurück. Ich lasse nicht zu, dass dir was passiert."

Sie verschränkte die Arme. „Ich kann gut auf mich selbst aufpassen. Ich bringe mein Gewehr mit."

Stures Weibsbild. „Ich rufe Jesse an und lasse ihn wissen, was los ist. Wir sollten gehen und uns vorbereiten, damit wir nicht zu spät wieder hier raus kommen."

Wenn er jetzt nur ihre Sicherheit garantieren könnte, würde alles gut werden.

KAPITEL ZEHN

Es war bereits dunkel, und der Himmel war bewölkt, als Trip den Truck bei ein paar Mesquitebäumen am Bach parkte. Er schaltete die Scheinwerfer aus, und Lori machte es sich bequem.

Seit Trip sich ihr am Nachmittag geöffnet und sie geküsst hatte, war sie wie auf Wolken geschwebt. Jetzt, wo sie mit ihm im Truck saß, konnte sie es immer noch kaum fassen. Er hatte ihr gestanden, dass er sie liebte. Es fiel ihr schwer, sich auf irgendetwas anderes zu konzentrieren.

Sie hatte all diese Jahre – acht Jahre – gewartet.

Und dann all die Jahre davor – es schien, als hätte sie ihr ganzes Leben darauf gewartet, Trip sagen zu hören, dass er sie liebte. Und jetzt hatte er es getan.

Jetzt mussten sie ihre Rinder und ihre Pferde zurückbringen, und die Viehdiebe hinter Schloss und Riegel bringen, damit ihr Rodeogeschäft zu einem Erfolg wurde. Sie verstand, dass er das brauchte. Trip gehörte zu der Sorte Mann, die selbst etwas leisten wollte.

Doch auch sie hatte etwas gebraucht – dass er sich ihr öffnete, wie er es heute getan hatte. Da war ein Schmerz in ihr gewesen, den seine Worte gelindert hatten. Seine Worte hatten ihn verschwinden lassen. Der Schmerz war fort, denn er *liebte* sie, und nichts auf der Welt war ihr wichtiger als das. Jetzt, wo sie das hatte, wäre ihr beinahe egal gewesen, wenn jemand gekommen wäre und ihr jedes Rind und jedes Pferd unter der Nase weggestohlen hätte. Mit Trips Liebe hatte sie alles, was sie brauchte.

Doch zu wissen, was er brauchte, entfachte ein Feuer in ihr, hier draußen zu bleiben, zu warten und zu beobachten, um zu fangen, wer auch immer für die

Diebstähle verantwortlich war. Sie mussten herausfinden, ob die Diebe, die die Rinder stahlen, dieselben waren, die auch ihre Pferde gestohlen hatten. Um der Ranch, der Rodeozucht und Trips willen.

In der Dunkelheit ergriff er ihre Hand. Ein Schauer durchlief sie, als sich seine warmen, schwieligen Finger um ihre schlossen und sie festhielten.

Es war Mitternacht, und morgen erwartete sie ein anstrengender Tag, denn in aller Frühe würden sie die Pferde aufladen und sie in das drei Stunden entfernte Fort Worth bringen. Das Rodeo selbst würde am Abend stattfinden – und das nach einer Nacht wie dieser.

Sie gähnte. „Wenn sie kommen, wäre es nett, wenn sie bald kommen würden. So könnten wir herausfinden, wer sie sind, sie festnehmen und dann noch ein bisschen schlafen. Wir werden morgen beim Rodeo hundemüde sein."

Er schmunzelte. „Da hast du recht. Ich glaube, dass keiner von uns gestern Nacht viel geschlafen hat. Komm, leg dich ein bisschen hin. Benutz meinen

Oberschenkel als Kopfkissen und schlaf ein wenig. Ich weck dich auf, falls sie auftauchen."

Sie drückte seine Hand. „Nein, das mach ich nicht. Du würdest dich wahrscheinlich rausschleichen und mich weiter schnarchen lassen. Davon abgesehen kann ich nicht in Frieden schlafen, wenn ich weiß, dass du dich wachhalten musst."

Sie spürte sein Lächeln in der Dunkelheit, auch wenn sie ihn kaum sehen konnte.

„Schon okay. Du solltest wirklich ein bisschen schlafen."

„Und du solltest dich damit abfinden, dass ich das nicht tun werde." Im selben Moment sah sie ein Licht in der Ferne tanzen. „Hast du das auch gesehen?", flüsterte sie, als könnte jemand sie hören.

„Ja. Wir haben Gesellschaft."

„Was glaubst du, wie viele es sind?", fragte sie mit gedämpfter Stimme.

„Keine Ahnung, aber wir werden es bald herausfinden. Was auch immer passiert, bleib hinter mir. Am liebsten wäre mir, wenn du im Truck bleiben würdest, aber ich weiß, dass das nicht passieren wird."

„Du kennst mich *wirklich*."

Er lachte trocken. „Natürlich kenne ich dich."

Ehe sie sich versah, zog er sie in seine Arme, nahm ihr Gesicht in seine Hände und küsste sie erneut. Schmetterlinge, Leuchtkäfer und Motten mit flammenden Flügeln stoben durch ihre Brust. Dieser Kuss war anders als der am Nachmittag. Er war hart und schnell und beinahe verzweifelt. Als er sich von ihr löste, war sie atemlos. Und wollte mehr.

„Lori." Seine Stimme war heiser. „Dir darf nichts passieren. Verstehst du das?"

„Ja. Aber dir darf auch nichts passieren."

„Wird schon nicht. Aber du musst hier bleiben. Ich gehe da runter. Du musst tun, was ich sage. Ich kann nicht riskieren, dich zu verlieren."

Ihr Mund war trocken und ihr Herz raste. „Aber ich muss. Das ist mein Kampf."

„Ich verstehe das." Die Frustration in seiner Stimme war unüberhörbar. „Lori, ich komme schon klar. Womit ich nicht klarkäme, wäre, wenn dir etwas passieren würde."

Sie war hin- und hergerissen. „Ich verspreche,

mich zurückzuhalten, aber ich komme mit. Du kannst nicht von mir verlangen, dass ich hier herumsitze und warte."

„Wie du willst." Er küsste sie schnell noch einmal, dann ließ er sie los.

Die Anspannung zwischen ihnen war wieder da – anders als zuvor, doch sie war da. Sie wusste, dass er sie in Sicherheit wissen wollte, doch sie konnte unmöglich allein hier oben warten. Sie ließen die Fenster herunter und hörten das leise Brummen eines Trucks, der über die Weide gefahren kam. Als er über den Hügel kam, konnten sie die Umrisse eines Trucks mitsamt Trailer erkennen.

Sie waren zurückgekommen, um ihr Vieh zu stehlen. Daran bestand kein Zweifel. Sie hatten es gestern ausgekundschaftet, und jetzt waren sie zurück, um sich zu holen, was sie wollten. *Es wird wohl beim Versuch bleiben*, dachte Lori.

Trip stieg aus. Sie rutschte auf seine Seite und kletterte zur selben Tür hinaus. Er griff in die Kabine und holte sein Gewehr vom Halter auf der Rückbank. Lori wünschte, sie hätte ihres mitgebracht – nicht, dass sie es je für etwas anderes als Zielschießen oder gegen giftige Schlangen verwendet hätte. Doch für den Fall, dass sie sich verteidigen musste, hätte sie gerne eines gehabt. Aber nein, sie hatte es sich von ihm ausreden lassen. „Ich wünschte, ich hätte meins auch dabei."

„Du brauchst keine Waffe. Ich habe meine, das reicht. Außerdem hast du versprochen, dich hinter mir zu halten. Schon vergessen?"

„Nein."

Frustration ließ sie von einem Bein aufs andere treten, während sie den Lichtern des Trailers folgten. Sie schlichen durch das hohe Gras, und sie war dankbar für ihre Stiefel, denn, wenn sie barfuß auf irgendetwas Glitschiges getreten wäre, hätte sie sicher geschrien.

Sie waren knapp fünfzig Meter vom Truck entfernt, als Trip plötzlich stehen blieb und sie gegen ihn stieß.

„Umpf", brummte sie. „T'schuldigung."

Sie warteten, bis sie zwei Männer beim Abladen von Pferden beobachteten. Natürlich hatten sie Pferde mitgebracht. Diese Leute wussten, was sie taten. Sie wussten, wie sie die Tiere, die sie wollten, vom Rest der Herde absondern mussten und wie man sie auflud. Nicht jeder wusste, wie man das machte. Das bedeutete, dass es sich bei Viehdieben meistens um Cowboys handelte.

Als die beiden ihre Pferde bestiegen und zur Herde ritten, lehnte Trip sich zurück und flüsterte: „Lass uns gehen."

Er ging weiter über die Weide, geduckt im hohen Gras, den Hügel hinunter und auf den Truck zu. Adrenalin schoss durch ihre Adern, während sie ihm folgte.

Und betete, dass nichts passieren würde.

Trip wusste, dass auch Brice und Cooper irgendwo auf ihrem Land auf der Lauer lagen. Genauso wie Shane und Drake. Vance war unter Protest zu Hause geblieben, doch er musste für den Wettkampf morgen Abend fit sein. Er stand kurz vor dem Finale und durfte sich diese Chance nicht entgehen lassen.

Sie hatten viel Gelände zu überwachen, und er

hoffte, dass sie herkommen würden, bevor irgendetwas schief ging. Er hatte ihnen eine SMS geschickt, doch er hatte keine Ahnung, wie weit weg sie waren.

Morgen würden Shane und Drake zu Hause bleiben und die Ranch bewachen, während alle anderen auf dem Rodeo halfen.

Sie alle wussten, dass die Viehdiebe die Ranches ausgekundschaftet hatten und schnell zurück sein würden, bevor das Vieh auf eine andere Weide gebracht wurde.

Er machte sich Sorgen um die sture, schöne Frau, die ihm wie ein Schatten folgte. Wenn es ihm nicht gelänge, für ihre Sicherheit zu sorgen … Selbst der Gedanke daran ließ seinen Magen rebellieren. Er würde dafür sorgen, dass sie sicher war.

Er drehte sich zu Lori um. „Ich gehe rein", flüsterte er. „Du hast dein Handy für den Fall, dass irgendwas schief geht. Jetzt, wo wir sicher sind, dass sie hier sind, um das Vieh zu stehlen, ruf du bitte den Notruf an."

„Okay, aber ich kann dir nicht versprechen, dass ich hier warte, wenn ich den Anruf getätigt habe. Pass auf dich auf."

„Du bleibst hier. Das hast du versprochen. Und jetzt ruf an." Er zwang sich, sich nicht ablenken zu lassen, und ging weiter in Richtung des Trailers. Er ging davon aus, dass sie zu viert waren. Zwei zu Pferde und zwei am Trailer.

Er hoffte, dass es dieselben Leute waren, die die Pferde gestohlen hatten. Wenn dem so war, würden sie vielleicht endlich ein paar Antworten bekommen. Es war ihm jetzt, wo er Lori seine Gefühle gestanden hatte, umso wichtiger, denn er wollte mehr denn je, dass ihre Tiere es ins Finale schafften und alle sahen, dass ihre Rodeozucht auch ohne Ray erfolgreich war.

Er brauchte das, um Lori auch etwas bieten zu können, bevor er sie um ihre Hand bat. Und er würde sie darum bitten, denn er konnte es nicht ertragen, länger von ihr getrennt zu sein.

„Können wir uns bitte beeilen?", hörte er einen der Männer knurren. „Ich habe ein schlechtes Gefühl bei der Sache."

Trip hatte den Truck erreicht und duckte sich zwischen Heckklappe und Anhänger. Er spähte um die

Ecke, und so nah, wie er ihnen jetzt war, konnte er die beiden Männer sehen.

„Ich will das auch nur schnell hinter mich bringen. Sag Carter und Lomax, dass sie schneller machen sollen."

Carter und Lomax – das waren zwei der Ranchhelfer, die er rausgeworfen hatte, nachdem sie anzügliche Bemerkungen über Lori gemacht hatten, kurz nachdem sie nach dem Tod ihres Vaters auf die Ranch zurückgekehrt war. Und jetzt stahlen diese Hunde ihr Vieh. „Ihr zwei tut gerade so, als hättet ihr noch nie Vieh ausgesondert und geladen!"

Daraufhin sonderten Carter und Lomax zwei Kühe von der Herde ab und trieben sie in Richtung des Trailers, damit die beiden anderen etwas zu tun hatten.

„Hey, pass auf!", knurrte Simon. Er erkannte die eigentümliche Stimme des dritten Cowboys und erinnerte sich an seinen Namen. Er glaubte allerdings nicht, dass er den vierten Viehdieb kannte.

Trip schlich den Trailer entlang. Die Rinder, die sie gerade in den Trailer getrieben hatten, machten genug Lärm, doch Trip schlich geduckt weiter auf den

Mann zu, der die Tür des Trailers aufhielt. Erst, als der Lauf seines Gewehrs Simons Rücken berührte, blieb er stehen.

„Was zum…?"

„Schön langsam", sagte Trip. „Dann muss ich dir nicht wehtun. Jetzt raus da, und du auch!", befahl er dem anderen Viehdieb.

„Was glaubst du, dass du da tust?", fragte Simon mit harter Stimme.

„Ich sorge dafür, dass ihr in den Knast kommt. Jetzt beweg dich. Und ruf deine Kumpels."

Plötzlich zerriss das Krachen einer Peitsche die Stille, und sofort stürmte das Vieh panisch auf den Trailer zu.

Die Cowboys zu Pferde wussten genau, was sie taten. Trip presste sich an die Seite des Trailers, während Simon von einer Kuh überrannt wurde und zu Boden ging. Trip schrie: „Jah!" und wedelte mit den Armen in der Hoffnung, dass das Vieh ihn sehen würde, bevor er sich bückte und Simon am Arm aus dem Pfad der Herde zerrte. Der Mann stöhnte und konnte sich kaum auf den Beinen halten. Als das Vieh vorbei gelaufen war, sah Trip sich um, und im schwachen Licht sah er Lomax auf seinem Pferd, über dessen Sattelhorn Lori hing und wild strampelte.

„Lass mich runter!", schrie Lori. Sie konnte nicht fassen, dass der Viehdieb sie gesehen hatte. Sie hatte es nicht mehr ausgehalten und war auf den Trailer zu geschlichen. Ted Lomax hatte sie bemerkt, als sie aus dem Weg der panischen Herde geflohen war. Er war auf sie zu geritten und hatte sie wie einen Sack Kartoffeln über seinen Sattel geworfen, bevor sie auch nur die Gelegenheit gehabt hatte zu schreien.

„Halt still, dann muss ich deinen Lover nicht erschießen."

„Das würdest du nicht wagen!", zischte sie. „Du solltest wissen, dass ich die Polizei angerufen habe und schon ein ganzes Team auf dem Weg hierher ist." Sie dachte daran, wie Trip die Presleys als ihr Team bezeichnet hatte. Sie wusste, dass sie irgendwo da draußen waren. *Kommt schon, Jungs!*

„Nimm das Gewehr runter, Trip", verlangte er, als hätte sie nichts gesagt.

„Wag es bloß nicht, das Gewehr runterzunehmen, Trip!", schrie sie. „Lomax, ihr seid Viehdiebe. Dafür wird man heute nicht mehr gehängt. Aber auf Mord steht die Todesstrafe… Das ist lächerlich. Nehmt mein verdammtes Vieh, aber tu das nicht."

„Sie hat recht", sagte Trip. „Macht es nicht noch schlimmer, als es schon ist. Ihr könnt das Vieh nehmen, und sogar die fünf Pferde behalten, wenn ihr die auch gestohlen habt."

„Ich will niemanden umbringen", brummte jemand.

Lori hob den Kopf. Es war Simon, einer der Männer, den Trip zusammen mit Lomax gefeuert hatte. Sie ging jede Wette, dass Carter auch irgendwo da draußen war. „Gut für dich!", rief sie.

„Ich hab nur mitgemacht, um mich bei ihnen dafür zu revanchieren, dass sie uns gefeuert haben", fuhr er fort. „Mit Mord will ich nichts zu tun haben."

„Ich auch nicht!", rief ein weiterer Mann.

Lori konnte ihn nicht sehen und erkannte die Stimme nicht. Sie wusste, dass irgendwo noch ein anderer Mann zu Pferd war. Sie hatte ihn gesehen, als Lomax sie gepackt hatte.

Jetzt kam er auf sie zu. In der Dunkelheit konnte sie sein Gesicht nicht sehen, und er hatte seinen Hut tief in die Stirn gezogen. Doch sie wäre jede Wette eingegangen, dass es Carter war.

„Carter, nimm Trip das Gewehr ab.”

Plötzlich sah sie, wie der Reiter sein Gewehr hob, doch anstatt auf Trip stieß er den Lauf gegen die Rippen des nichtsahnenden Lomax.

„Der ist gerade indisponiert.”

Lori keuchte. Im Sattel saß Cooper Presley!

„Was?”, knurrte Lomax.

„Kein was”, sagte Cooper. „Ich bin ein ziemlich guter Schütze und mich juckt der Finger. Und du hast eine meiner besten Freundinnen in einer überaus unbequemen Position über deinem Pferd hängen. An deiner Stelle würde ich sorgfältig darüber nachdenken, was diese Schrotflinte aus nächster Nähe anrichten kann. Und ich an deiner Stelle würde die Pistole ganz schnell fallen lassen."

Sie hörte Hufgetrappel, und aus der Dunkelheit kamen fünf weitere Pferde mit ihren Reitern und kreisten Lomax ein. Alle richteten ihre Waffen auf den Mann, der sie auf dem Pferd festhielt.

Lomax stieß einen vulgären Fluch aus, dann ließ er seine Waffe fallen. Sofort eilte Trip zu ihr und half ihr vom Pferd. Dann zog er sie in seine Arme und hielt sie fest.

„Bist du okay?", fragte er.

„Jetzt ja", sagte sie und schlang ihre Arme um seinen Hals, während er sie von Lomax und seinem Pferd weg trug.

„Danke, dass ihr gekommen seid", sagte sie später, als die Polizei gekommen war, und die vier Viehdiebe weggebracht hatte.

Trips Arm lag um ihre Schulter, und er hielt sie fest.

„Ja, danke euch allen. Und Cooper, das war ein guter Trick mit dem Pferd."

Coopers Brüder lachten. Die Anspannung war verflogen.

„Ihr hättet ihn sehen sollen. Wir sind gerade angekommen, als die Herde durchgegangen ist. Er ist aus dem Truck gesprungen, über die Weide gerannt und hat den Reiter vom Pferd gerissen, ehe der wusste, wie ihm geschah. Ich war ihm gefolgt und habe ihm den Typen abgenommen, während er sich in den Sattel geschwungen und das Pferd zurückgeritten hat, als gehörte er zu ihnen."

Die Lichter ihrer Trucks erhellten die Nacht, darum war Coopers selbstbewusstes Grinsen zu sehen. „Hey, ich dachte, je näher wir kommen, desto besser."

„Und du hattest recht", sagte sein Vater und seufzte. „Die haben gesagt, dass sie nichts von gestohlenen Pferden wissen. Und unser Vieh haben sie gestohlen, damit niemand sie verdächtigt."

„Ja, das haben sie gesagt", nickte Trip. „Dann hatten wir also Pferde- und Viehdiebe zur gleichen Zeit – so unglaublich das auch klingt."

„Ihr solltet Lotto spielen", sagte Drake kopfschüttelnd. „Gibt's was Neues von den Knights?"

„Ich rufe sie morgen früh an und erzähle ihnen, was passiert ist, falls es was Neues gibt, erfahre ich es dann. Sie haben gesagt, dass sie alle in Fort Worth sein werden. Und wo wir gerade davon reden – wir sollten besser alle nach Hause. Lori, ich bringe dich zurück.”

„Okay. Ich glaube, ich bin zu aufgedreht, um zu schlafen, aber vielleicht werde ich ja auf dem Rückweg müde. Danke noch mal, Jungs. Ich kann mich glücklich schätzen, dass ich euch habe.”

Und das tat sie auch. Als sie am Haus ankamen, brachte Trip sie zur Tür und nahm sie in den Arm. „Ich will dich nicht loslassen”, sagte er gegen ihre Schläfe.

„Ich weiß. Ich liebe dich. Ich hatte solche Angst, als sie gedroht haben, dich zu erschießen.”

„Und ich hatte Todesangst, als ich gesehen habe, dass sie dich hatten. Ich will dich nie verlieren, Lori.”

„Ich mag es, wenn du das sagst. Und du wirst mich nicht verlieren.”

In dieser Nacht ging sie mit genau diesem Gedanken schlafen.

KAPITEL ELF

Wie geplant brachten sie die Pferde nach Fort Worth, registrierten sie dort und trafen sich im Anschluss daran in der Lobby des historischen Stockyard Hotel mit den Knights. Lori liebte das alte Hotel. Sie hatte viele Nächte hier verbracht, wenn ihr Dad sie zu den Stockyards mitgenommen hatte. Sie liebte die Geschichte des Gebäudes und die schöne Architektur. Sie liebte es, wie die alten Treppen knarzten, wenn sie hinauf ging, und den langsamen Aufzug liebte sie auch.

Es war der perfekte Ort, um die Knights zu

treffen, denn ihr Dad hatte ihn auch geliebt, und es fühlte sich so an wie früher, wenn sie ihn zu seinen geschäftlichen Treffen begleitet hatte.

Nur zwei der Knight-Brüder waren gekommen: Jesse, der ehemalige Militärpolizist und Sean, der Tierarzt, der sich um die Rodeotiere kümmerte, wenn er bei Events war. Gleich nach der Begrüßung sprachen sie übers Geschäft.

Jesses Lächeln war einer ernsten Miene gewichen. „Ich glaube, wir haben eine gute Spur. Michael ist nach Oklahoma City geflogen, um ihr nachzugehen, und wir hoffen, dass er Antworten hat, noch bevor das Rodeo vorbei ist."

„Kramers Ranch ist in der Nähe", bemerkte Trip.

„Ja." Sean nickte. „Er will sich undercover ein bisschen umsehen."

„Ich hoffe, er ist vorsichtig. Ich will unsere Pferde zurück, aber nicht, wenn dabei jemand verletzt wird." Lori war unglaublich dankbar in diesem Moment. Ihr Daddy war zwar nicht mehr da, doch sie war umgeben von guten Männern, den dreien hier, den fünf Presley-Brüdern und deren Dad und dann noch Trip. Sie war sich nicht sicher, was sie getan hatte, um das zu verdienen, doch sie war dankbar. Sie hatte das beste Team, das sie sich wünschen konnte, an ihrer Seite. Sie war überzeugt, dass ihr Dad, jetzt, wo er ihr nicht mehr zur Seite stehen konnte, ihr die besten Männer geschickt hatte, die er hatte finden können. Loris Herz war zum Bersten voll. Trotzdem wollte sie auf eigenen Beinen stehen und selbst Teil der Lösung sein.

„Michael kann auf sich aufpassen, mach dir keine Sorgen", versicherte Jesse ihr. „Wir haben einen Mann, der sich auf Kramers Ranch umsieht. Er sucht nach irgendwelchen Spuren von deinen Pferden und glaubt zu wissen, wo sie sind. Wir wollten aber, dass einer von uns dabei ist. Er meldet sich bald wieder. In der Zwischenzeit sehen wir uns hier um und halten Augen und Ohren offen. Der WRC steht dahinter, und die wollen das so schnell wie möglich gelöst wissen."

„Ich auch", sagte sie und warf Trip einen Blick zu.

„Das wollen wir alle", sagte Sean. „Trip sagt, dass Vance Presley und seine Brüder auch da sind, um euch zu unterstützen. Wenn wir alle aufmerksam sind, finden wir vielleicht etwas."

„Das hoffe ich", sagte sie, und im selben Moment klingelte Seans Handy.

„Entschuldigt mich", sagte er, als er das Handy aus seiner Tasche zog, und ging ein paar Schritte, bevor er den Anruf annahm.

Es dauerte nicht lange, bis er zurückkehrte. „Ich muss los. Da ist ein Bulle, der lahmt. Ich muss ihn mir ansehen."

„Schon okay", sagte Jesse, dann runzelte er die Stirn. „Lass uns wissen, wie es gelaufen ist. Ich muss mit der Sekretärin reden, aber ich glaube, dass Kramer Vieh gemeldet hat, das davon profitieren könnte."

„Das gefällt mir gar nicht", bemerkte Trip.

„Ich sage euch Bescheid, was ich herausgefunden habe. Aber erst einmal muss ich nach dem Tier sehen." Sean nickte zum Abschied und ging.

Lori war unruhig. „Ich gehe nach meinen Pferden sehen. Ich bin froh, dass ihr alle da seid. Daddy wäre dankbar für all die Hilfe. So wie es aussieht, ist das nicht allein gegen die Calhoun Ranch und unsere Rodeozucht gerichtet, doch es muss aufhören. Ich hoffe, dass der Bulle, zu dem Sean unterwegs ist, nichts Schlimmes hat. Was es auch ist, ruft mich an, sobald ihr irgendwas hört. Ich sehe euch dann später beim Rodeo."

„Ich komme mit." Trip verabschiedete sich von Jesse und ging mit ihr.

Sie verließen das Hotel und gingen in Richtung Arena. Eine kleine Countryband unterhielt eine Menschenmenge auf den Stufen vor dem Stockyard und die fröhliche Musik und das Treiben der Touristen gaben der Straße eine lebhafte Atmosphäre. Als sie Rinder muhen hörte, blickte sie die Straße hinunter und sah den täglichen Viehtrieb in ihre Richtung kommen. Es war eine Show, die die Verwaltung der historischen Stockyards jeden Tag für die Touristen veranstaltete. Lori beobachtete die Longhorns und die Cowboys, die vorbei zogen, und dachte erneut an ihren Dad.

Sie sah Trip an. „Ich bin als Kind oft hierher gekommen. Ich erinnere mich noch an das erste Mal, als ich sie Vieh hier durchtreiben gesehen habe. Daddy hat mich auf seine Schultern gesetzt, damit ich die Longhorns und die Cowboys besser sehen konnte." Diese Erinnerungen kamen an diesem Wochenende stärker als sonst empor. Es war eine Weile her, seit sie das letzte Mal Fort Worth und die Stockyards besucht hatte. So viel Geschichte verband sie mit diesem Ort, und die Erinnerungen an sie und ihren Vater würden hier immer auf sie warten. Sie waren in diesen Ort so tief eingebrannt wie die Geschichte von Texas und der frühen Viehtriebe.

„Ich erinnere mich auch, mit meinem Dad hier gewesen zu sein. Wir haben das Stockyard Museum geliebt und das Cattleman's Steakhouse. Das war immer was Besonderes für mich."

„Da bin ich mir sicher." Sie lächelte ihn verständnisvoll an. „Ich hoffe, dass wir bald eine neue Erinnerung mit diesem Ort verbinden werden – nämlich, dass wir unsere Pferde wiedergefunden haben."

„Das wäre eine wunderbare Erinnerung. Ich bin immer noch geschockt, dass jemand bereit war, mit einer solchen Aktion alles zu riskieren."

„Ich auch. Aber wenn jemand finanzielle Schwierigkeiten hat – weiß Gott, was derjenige dann zu tun bereit ist."

Sie betraten die Halle und gingen in Richtung der Stallungen. Cooper sah sie aus der Ferne und kam auf sie zu. „Hey, schön, dass ihr da seid. Hab vorhin einen Typen hier rumlungern sehen. Ich habe ihn beobachtet. Hatte das Gefühl, dass er ein bisschen zu sehr an euren Pferden interessiert war. Da habe ich ihn gefragt, ob er Hilfe braucht, und schon war er verschwunden. Hab auch was von einem lahmenden Bullen gehört – der Eigentümer ist stinksauer."

Trip beobachtete ihre Pferde. „Sean Knight ist auf dem Weg zum Bullen. Der Typ, den du gesehen hast: Was sagt dir dein Bauchgefühl dazu? Glaubst du, er hatte irgendwas vor?"

„Ich hatte ein ungutes Gefühl bei ihm, darum habe ich ihn zuerst beobachtet, um zu sehen, ob er irgendetwas versucht, aber er hat nichts gemacht. Schließlich ist es mir auf die Nerven gegangen und ich wollte sehen, ob ich ihn verschrecken kann."

„Und das hast du", sagte sie.

„Oh ja. Die Frage ist nur warum? Wie die Knights gesagt haben, hat dieser Kramer guten Grund deine Pferde aus der Show haben zu wollen. Aber das wäre zu einfach."

„Das denke ich auch, doch andererseits … Verzweiflung führt zu Schludrigkeit", sagte Trip. „Ich halte Kramer für einen echten Arsch – aber dumm? Mir fällt schwer, das zu glauben, doch die Umstände sprechen gegen ihn."

„Ich bleibe während des Rodeos hier hinten und sehe zu, dass die Pferde sicher zu den Toren kommen."

„Danke", sagte Lori und trat an den Zaun, um ihre Pferde zu beobachten. Alle schienen guter Laune zu sein, was in der Regel bedeutete, dass sie eine gute Show abliefern würden … was genau das war, was sie von ihnen brauchte. Nachdem ihre Top fünf verschwunden waren, mussten diese Pferde hier ihr Bestes geben und die Show ihres Lebens abliefern.

Ein paar Stunden später war das Rodeo in vollem Gange, und Trip konnte das Gefühl nicht loswerden, dass etwas nicht stimmte. Vielleicht war er paranoid, doch sein Bauchgefühl sagte ihm, dass entweder bereits etwas passiert war oder bald etwas passieren würde.

Ihre Leute waren überall verteilt. Jesse war im

Bereich der Chutes am Eingang zur Arena und hatte sich unter die Bullenreiter gemischt, und sie wusste, dass Sean auch irgendwo dort war. Da der lahmende Bulle aus dem Wettkampf genommen worden war, hatte einer von Kramers Ersatzbullen seinen Platz eingenommen.

Als die Zeit für das Broncoreiten gekommen war, spürte Trip, dass Lori nervös war, und ergriff ihre Hand. „Entspann dich. Alles wird gut. Unseren Pferden wird nichts passieren. Wir haben zu viele Leute hier, die für uns Augen und Ohren offen halten. Und Cooper lässt nicht zu, dass bei den Stallungen was passiert. Er ruft uns, wenn er uns braucht."

„Aber wir brauchen die anderen, um unsere Pferde zu finden, nicht nur, um das Rodeo zu überleben. Wenn wir sie nicht haben, wenn das Rodeo um ist, schaffen wir es nicht ins Finale."

Er wollte, dass die Pferde es ins Finale schafften – sie mussten siegen, denn er hatte etwas zu beweisen. Doch als er die Sorge in ihrem Gesicht sah, wurde ihm bewusst, dass es Wichtigeres gab, als ihr zu beweisen, dass er das Zeug dazu hatte, ein erfolgreiches Geschäft zu führen.

Er zog sie in seine Arme. „Ich will die Pferde finden. Ich will, dass sie in Sicherheit sind, und du weißt, dass ich sie im Finale sehen und beweisen will, dass unsere Zucht stark ist. Aber wenn wir sie nicht rechtzeitig finden, können wir auch nichts daran ändern. Dann machen wir einfach weiter." Als er sie zärtlich küsste, starrte sie ihn wie vom Donner gerührt an.

„Aber was ist mit uns?"

Er genoss es, sie in seinen Armen zu spüren. „Alles ist gut. Wir werden sehen, wo es hin führt, wenn sich alles beruhigt hat. Aber jetzt versuch erst einmal, dir keine Sorgen zu machen. Ich will, dass du dir bewusst machst, dass das Leben nicht endet, wenn wir keine Pferde im Finale haben."

Sie holte tief Luft. „Okay, ich versuche es. Dad hätte auch etwas in der Art gesagt."

„Ja, da bin ich mir sicher. Dein Daddy war ein weiser Mann." Er küsste ihre Stirn.

Sie wurde ernst. „Ja, das war er. Er hat dich eingestellt." Sie legte ihre Arme um ihn und drückte ihn an sich.

Trip war zufrieden. „Danke, das bedeutet mir viel."

„Ich bin so froh, dass wir so weit gekommen sind", sagte sie, und die Sorge in ihrem Blick schwand. „Ich bin froh, dich an meiner Seite zu haben."

„Und der nächste Reiter ist Vance Presley", verkündete der Sprecher über die Lautsprecheranlage, *„auf Dream Wrecker."*

Beide hatten sich zur Arena umgedreht und beobachteten, wie Vance über die Brüstung des Chutes kletterte und sich auf dem Sattel des Broncos niederließ. Er hatte keines von ihren Pferden zugelost bekommen, sondern ausgerechnet eines von Kramer. Das Pferd war nervös und buckelte, sodass Vance sich auf beiden Seiten mit den Stiefeln auf den Sprossen des Chutes abstützte. Die Cowboys, die die Zügel des Pferdes hielten, zogen fester an, damit Dream Wrecker wenigstens für ein paar Sekunden still hielt, damit Vance sich in den Sattel setzen konnte.

Trip konnte Jesses Kopf über das Gatter der Stallungen hinweg sehen, von wo aus er das Pferd beobachtete. Doch ein nervöser Rodeo-Bronco war nichts Ungewöhnliches. Sie waren wild und wollten nichts mehr, als den Reiter schnell aus dem Sattel zu befördern.

Im nächsten Moment flog das Tor auf, und das Pferd schoss aus dem Chute. Es buckelte und drehte sich mit aller Kraft, um Vance abzuwerfen. Vance war jedoch einer der Besten. Mit den Knien folgte er dem Rhythmus des Pferdes und mit dem Arm hielt er die Balance. Auch heute bewies er wieder sein Können, indem er Dream Wrecker bis zum Signalton ritt. Das Pferd buckelte wie wild, als die Rodeohelfer herbei geritten kamen, um Vance sicher vom Pferd zu helfen. Es war immer ein gefährlicher Moment, wenn ein Cowboy von einem buckelnden Pferd sprang. Die beiden Helfer ritten neben dem Pferd her, und einer griff nach dem Zaumzeug, während der andere so dicht wie möglich heran kam, damit Vance seine Schultern greifen, sich von Dream Wrecker hinunter schwingen und sicher auf der anderen Seite des zweiten Pferdes am Boden landen konnte.

Es war jedoch kein leichtes Unterfangen bei einem

wilden Pferd wie diesem. Schließlich gelang es Vance jedoch, unverletzt über das Pferd des Helfers abzuspringen. Der gutaussehende Cowboy strahlte, als seine Stiefel festen Boden berührten. Er riss den Hut vom Kopf und winkte der brüllenden Menge zu, bevor er zum Zaun joggte.

„Wow", keuchte Lori. „Immer gut für eine Show. Ich hab mir Sorgen gemacht."

„Ja, das Pferd war ziemlich unter Strom."

„Sie geben sich große Mühe, Rodeopferde zu finden, die es den Reitern nicht zu leicht machen. Je härter der Ritt, desto weiter kommt das Pferd."

„Stimmt. Unsere sind fantastisch in der Arena, aber mit dem hier stimmt was nicht. Lass uns runter gehen. Ich will mit Jesse und Vance reden."

Sie hörte die Skepsis in seiner Stimme und folgte ihm die Tribüne hinunter.

KAPITEL ZWÖLF

Unten angekommen gingen sie in Richtung der Stallungen. Trip wollte hören, was Vance zu diesem Pferd zu sagen hatte. Und natürlich wollte er auch hören, was Jesse davon hielt. Vor einer Weile waren ein paar Pferde gedopt gewesen, und er kam nicht umhin sich zu fragen, ob es wieder passiert war. Kramer stand das Wasser offensichtlich bis zum Hals, und er war verzweifelt. Doch er wollte nicht mehr zu Lori sagen, solange sein Verdacht nicht bestätigt war. Sean konnte es mit einem einfachen Bluttest überprüfen, wenn die anderen dasselbe dachten.

Vielleicht war er aber auch nur einfach überempfindlich, was Kramer anging. Für die meisten Leute war der Auftritt des Pferdes einfach nur der eines besonders konkurrenzfähigen Tiers gewesen, nicht der eines gedopten Pferdes, das den Reiter oder sich selbst hätte verletzen können.

In diesem Moment löste sich Kramer aus einer Gruppe von Männern und stellte sich ihnen in den Weg. Er war von gedrungenem Körperbau und dicklich. Seine Hemden waren immer zwei Knöpfe zu weit aufgeknöpft und gaben den Blick auf eine wenig geschmackvolle Goldkette um seinen Hals frei. Doch das unangenehmste Accessoire war sein „Schatten": ein eins neunzig großer Cowboy, den Trip und viele andere als seinen Gorilla bezeichneten. Kramer verschränkte seine Arme und sah sie finster an.

„Kramer." Trip nickte ihm zu. Er trat näher an Lori heran, als er sie scharf einatmen hörte, nachdem sie begriff, wer der Mann war. Trip hatte vergessen, dass sie dem Mann, den sie des Diebstahls ihrer Pferde verdächtigten, nie begegnet war.

„Jensen. Miss Calhoun", knurrte Kramer. „Ich

habe mich schon gefragt, wann Sie mir über den Weg laufen würden. Was wollen Sie hier?"

Lori warf Trip einen fragenden Blick zu, doch seine Miene blieb kühl, als er sich wieder Kramer zuwandte. Es kostete ihn große Mühe, sich nicht auf den Mann zu stürzen. „Wir waren die ganze Zeit hier. Mir stellt sich eher die Frage, was Sie hier treiben?"

Kramer plusterte sich auf. „Was soll das heißen?"

„Sie haben zuerst gefragt. Wir repräsentieren unsere Rodeotierzucht und versuchen herauszufinden, wer unsere Pferde gestohlen hat. Sie wissen nicht zufällig etwas davon?"

Sein Gegenüber wurde rot. „Soll das etwa eine Anschuldigung sein?"

Trip neigte den Kopf und warf dem Gorilla einen Blick zu, als dieser einen Schritt auf ihn zu trat. „Ich würde mich zurückhalten, Mann", sagte er. „Wir führen hier lediglich eine Unterhaltung, die wir nicht einmal angefangen haben. Entweder beantwortet Ihr Boss hier meine Frage, oder er macht Platz. Wir wollen unserem Freund zu seinem ausgezeichneten Ritt gratulieren. Sieht aus, als wäre Ihr Bronco Vance

Presley nicht gewachsen gewesen."

„Wir hatten noch nicht das Vergnügen, doch ich nehme an, Sie sind Mr. Kramer und der Eigentümer des Pferdes, das Vance gerade geritten hat?" Lori sah nicht eingeschüchtert aus.

„Das bin ich", schnaubte er. „Mein Pferd hätte ihn fast abgeworfen. Es war ein harter Ritt und eine hohe Punktzahl. Presley hatte Glück."

„Glauben Sie? Ich bin da anderer Meinung." Trip provozierte ihn ganz bewusst, da er sehen wollte, wie er reagieren würde. Zwischenzeitlich konnte er nur hoffen, dass Michael auf Kramers Ranch fündig geworden war.

„Meine Pferde sind nun einmal besser, als die Calhoun Gäule. Sie hatten bei der Auslosung Glück und schlechtere Reiter erwischt, während meine die besten im Feld zugeteilt bekommen haben – nur darum sind sie im Ranking hinter Ihren. Sie wissen, dass das so ist." Er sah Lori finster an. „Ihr Vater hatte immer das Glück auf seiner Seite."

Lori straffte sich. „Mein Vater hat hart gearbeitet und daran geglaubt, durch eben diese harte Arbeit sein

Glück zu schaffen."

Kramer kniff die Augen zusammen. „Sie kleine Klugsch–"

Trip fiel ihm ins Wort. „Passen Sie auf, was Sie sagen, Kramer. Fangen Sie nicht an, meine Partnerin zu beleidigen."

Kramer warf ihm einen wütenden Blick zu. „Meinen Sie nicht Ihr Boss? Sie sind nicht mehr als ihr Lakai."

Trip ignorierte seine verletzenden Worte, da er wusste, dass Kramer ihn nur provozieren wollte. „Ich glaube, wir sind fertig hier. Wir haben einem Reiter zu gratulieren. Aus dem Weg."

„Für den Moment." Kramer trat beiseite und *sein* Lakai folgte seinem Beispiel.

Trip ergriff Loris Arm und schob sie an ihnen vorbei. Er spürte die Aggression in ihren angespannten Muskeln und sah sie in ihren Augen und an ihren zusammengebissenen Zähnen. Wenn er es zugelassen hätte, wäre sie dem Mann an die Gurgel gesprungen.

„Und um das offensichtliche Missverständnis aus dem Weg zu räumen, Mr. Kramer: Er ist mein Partner.

Der Beste, den ich mir wünschen kann." Trip zog sie weiter.

„Wie süß ist das denn? Sie verteidigt Sie", knurrte Kramer sarkastisch.

Trip presste die Lippen aufeinander.

„Wie können Sie es wagen, so etwas zu sagen?", keifte Lori. „Für wen halten Sie sich, Sie kleiner–"

Trip zerrte Lori in die Menge und auf die Stallungen zu.

„Warum zerrst du mich weg? Ich war noch nicht fertig mit diesem… diesem…", knurrte sie und versuchte, sich von ihm loszureißen, doch er hielt sie fest.

„Weil wir genug gesagt haben und er es nicht wert ist, mehr Atem an ihn zu verschwenden."

„Aber was er gesagt hat, war nicht die Wahrheit."

„Das weiß ich. Und es stört mich nicht. Schon eine ganze Weile nicht mehr. Okay? Aber es war nicht nötig, dass du diesen Typen noch mehr provozierst."

„Wie du meinst", knurrte sie. „Aber er hätte noch eine Menge mehr verdient."

Wo sie recht hatte… Trip ging die

Auseinandersetzung noch einmal im Kopf durch und versuchte, seinen Stolz nicht verletzt sein zu lassen. Doch er konnte nicht leugnen, dass Kramers Worte tief im Inneren genau ins Schwarze getroffen hatten.

Alles an der Begegnung mit Kramer widerte Lori an. Er hatte ganz bewusst Trip und ihren Dad beleidigt und es auch bei ihr versucht, doch Trip hatte dem Einhalt geboten. Sie wünschte nur, sie hätte verhindern können, dass er Trip beleidigt hatte. Es war immer dieselbe alte Geschichte, die zwischen ihnen stand. Sie wusste, dass Trip gerade so verhindert hatte, dass sie zu weit gegangen war. Sie musste lernen, sich besser zu beherrschen. Aber … nein, Kramer war einfach ein schmieriger Typ.

Vance, Jess und Seth unterhielten sich mit Marcus Presley, als sie zu ihnen traten.

„Hey, was gibt's?", fragte sie.

„Ist euch bei dem Ritt eben auch was aufgefallen?" Trip musterte die anderen mit aufmerksamem Blick, den Lori vom Kopf bis zu den

Zehen spürte.

„Wir haben da so einen Verdacht", sagte Jesse. „Wir sind nicht sicher, ob das Pferd einfach nur hypernervös war, aber was es auch war, Vance hat einen Hammer-Ritt hingelegt."

Sean sah nicht glücklich aus. „Ich werde es testen und sehen. Das könnte Vance' Ritt disqualifizieren, aber andererseits ist Doping leicht festzustellen. Wenn Kramer Dream Wrecker gedopt hat, muss er wirklich verzweifelt sein."

„Die Sache ist", begann Vance. „Er hat sich nicht viel anders geritten als ein normaler tougher Bronco. Wenn er ihn gedopt hat, dann gerade genug, um abgesehen von uns bei niemandem Argwohn zu wecken. Und in unserem Fall liegt es auch nur daran, dass wir besonders sensibel sind, was Kramer angeht."

„Das ist wahr", sagte Mark. „Vielleicht sind wir paranoid. Lori, stimmt was nicht, Honey? Du hast wütend ausgesehen, als ihr hergekommen seid."

„Ja, ich hatte gerade das zweifelhafte Vergnügen, Kurt Kramer kennenzulernen. Widerlicher Typ."

Alle nickten und brummten zustimmend.

„Halt dich von ihm fern", sagte Trip zu ihr. „Mein Bauchgefühl sagt mir, dass es ihm nicht nur um den Vorrang beim Rodeo geht. Für ihn ist das persönlich. Dein Dad hat nie viel über Kramer gesagt. Er mochte ihn einfach nicht und nach dem Zwischenfall mit unserem Pferd hat er ihm nicht vertraut. Doch als es passiert ist, schien es ihn nicht sonderlich zu überraschen. Ich frage mich, ob es da eine Geschichte gibt, von der wir nichts wissen. Marcus, weißt du da irgendwas?"

Markus überlegte. Wenn irgendjemand etwas wusste, dann war es Presley Senior, denn er und Loris Dad waren ihr ganzes Leben lang Freunde gewesen.

„Ich weiß, dass dein Dad immer gesagt hat, dass Kurt – oder Kramer, wie ihn heute alle nennen – immer viel zu nachtragend gewesen ist. Hat gesagt, dass das nicht gesund ist."

„Aber wie kommt er auf so was?"

„Ja", mischte Trip sich ein. „Zu mir hat er das nie gesagt. Er hat nur gemeint, ich soll alles gut im Auge behalten, nachdem wir den Verdacht hatten, dass er für die Koliken unseres Pferdes verantwortlich war."

„Zum einen war er beim Rodeo unsere Konkurrenz und war nie so gut wie wir. Und deinen Dad hat er schon gar nicht ausstehen können. Ich glaube, da gab es eine Frau, an die er interessiert war, doch die hat ihm keine Beachtung geschenkt, weil sie zu sehr damit beschäftigt gewesen war, sich an deinen Dad heranzumachen. Doch selbst als dein Dad ihr Interesse nicht erwidert hat, wollte sie nichts von Kramer wissen. Vielleicht hat Ray das gemeint. Wenn es um Frauen ging, hat Ray nie viele Worte gemacht und ich auch nicht."

„Doch wenn er eines nicht leiden konnte, dann wenn jemand Frauen nicht respektiert hat", bemerkte Trip. „Das weiß ich sicher. Darum kann ich verstehen, warum er nicht viel gesagt hat, wenn eine Frau hinter ihm her war, von der er nichts wollte. Wenn Kramer ihm diese Sache nachträgt, dann beschuldigt er den Falschen."

„Wohl wahr", nickte Marcus.

Lori holte tief Luft und versuchte, alles zu verarbeiten. „Dann glaubt ihr, das alles könnte von einer alten Geschichte herrühren? Dass eine Frau nichts von ihm hat wissen wollen?"

Die Männer sahen sie an und zuckten mit den Schultern.

„Im Laufe der Geschichte sind Männer aus geringeren Gründen gestorben", sagte Jesse. „Im Moment wissen wir nicht mehr … außer, dass er in finanziellen Schwierigkeiten steckt. Scheint nach jemandem zu suchen, dem er die Schuld daran geben kann."

Sie konnte nicht fassen, dass der Grund ein so banaler sein konnte. Es war lächerlich. Doch verzweifelte Menschen taten verrückte Dinge.

„Lasst uns alle zusammenrufen. Ich glaube, hinter den Stallungen ist's ruhiger", sagte Trip. „Cooper und Brice fragen sich sicher schon, was los ist."

„Das wäre gut", nickte Drake, der so unglücklich aussah wie Lori war. „Aber wann wollen die Cops denn endlich was in der Sache unternehmen?"

„Wir warten darauf, was Michael und das Sheriffs Department, mit dem er in Oklahoma arbeitet, finden."

„Verstehe", nickte Drake.

Jesse und Sean gingen voraus und bahnten sich einen Weg durch die Menge.

„Bist du okay?", fragte Trip Lori.

„Ich bin wütend", sagte sie. „Und verwirrt. Es ergibt einfach keinen Sinn." Sie hörte jemanden ihren Namen rufen und als sie sich umdrehte, sah sie Kelly, eine alte Freundin von der Uni. Ihre Stimmung hob sich. „Hey, geh du schon weiter. Ich komme gleich nach. Will nur kurz einer alten Freundin Hallo sagen."

Er sah nicht glücklich aus. „Ich bleibe bei dir. Ich will nicht, dass du allein–"

„Ist schon okay, Trip. Ich geh nicht weg. Ich brauche nur eine kleine Auszeit, und mich kurz mit Kelly zu unterhalten ist perfekt."

Kelly kam durch die Menschenmenge auf sie zu. „Wie du willst. Aber wenn du in einer Viertelstunde nicht da bist, komme ich dich suchen."

Sie runzelte die Stirn. „Hör auf, dir Sorgen zu machen. Ich werd euch schon nicht warten lassen."

„Okay, aber ruf an, wenn du mich brauchst."

Sie lachte und schüttelte den Kopf. „Geh, ich komm schon klar." Er machte sich auf den Weg, und sie drehte sich um und begrüßte Kelly mit einer herzlichen Umarmung. Sich mit einer alten Freundin zu unterhalten würde ihr helfen, auf andere Gedanken zu kommen. Sie hatte einfach genug von all dem Wahnsinn um sie herum.

KAPITEL DREIZEHN

Trip stieß zu Jesse und Presley, nachdem er Lori bei ihrer Freundin zurückgelassen hatte. Es gefiel ihm nicht, sie allein zu lassen, denn der Verlauf der Konversation mit Kramer hatte ihn nervös gemacht. Irgendetwas war zwischen Kramer und Ray Calhoun vorgefallen. Und es war nicht ausgeschlossen, dass Kramer ihm diese alte Geschichte so lange nachtrug. Wie Jesse gesagt hatte, taten Menschen schlimme Dinge aus viel geringeren Gründen als Eifersucht und Abweisung.

Doch Kramer war nicht nur von einer Frau

abgewiesen worden, weil sie verrückt nach Ray gewesen war, es war eine Frau, die Ray nicht einmal gewollt hatte. Das musste einen Mann wie Kramer ungeheuer belastet haben. Und dann waren sowohl Kramer als auch Ray ins Rodeozuchtgeschäft eingestiegen. Und Ray war der Erfolgreichere gewesen.

Ja, Trip verstand es. Er konnte nachvollziehen, dass das am Ego eines Mannes kratzen konnte. Besonders im Falle eines Mannes, der nicht alle Tassen im Schrank zu haben schien.

Doch die Tatsache, dass er erst jetzt, nach Rays Tod, die Pferde gestohlen hatte, passte ins Bild. Trip war sich ziemlich sicher, dass Kramer damals das Pferd mit den Koliken vergiftet hatte, und Ray hatte es auch gewusst. Doch auch wenn Ray deswegen nicht die Polizei gerufen hatte, hatte er vielleicht ohne Trips Wissen mit Kramer darüber gesprochen. Er konnte sich vorstellen, was ein Mann wie Ray zu einem Typen wie Kramer gesagt haben könnte. Trip konnte sich vorstellen, wie einschüchternd der beliebte Ray mit seiner starken Persönlichkeit auf Kramer gewirkt haben musste. Diese Knalltüte hatte sich wahrscheinlich vor Angst in die Hosen gemacht – bis Ray gestorben war und seine Tochter die Ranch übernommen hatte. Und seine finanziellen Schwierigkeiten waren so überwältigend geworden, dass er verzweifelt war. Er musste geglaubt haben, dass er sich auf Kosten von Trip und Lori gesund stoßen konnte. Er glaubte, ihr Geschäft ruinieren und ihre Verträge übernehmen zu können.

Als sie sich mit Cooper und Brice trafen, erklärte er allen seine Gedanken. Sie schienen nicht allzu überrascht zu sein.

Marcus reagierte als erster. „Ich gebe dir recht. Ich kann mir gut vorstellen, dass Ray ihn konfrontiert hat. Er war nicht der Typ, der nur auf den Busch geklopft hätte. Wenn er der Meinung war, dass Kramer sein Pferd vergiftet hat, hätte er ihn konfrontiert. Er hätte es dir oder mir wahrscheinlich nicht einmal erzählt. So war Ray nun einmal. Doch ich garantiere dir, dass Ray die Sache hinter verschlossenen Türen geregelt hat. Darum ist danach keinem seiner Tiere mehr etwas passiert. Doch wie du schon sagtest – jetzt ist er verzweifelt, und er ist genau der Typ Mann, der auf einer Frau herumhacken würde – du weißt natürlich, was ich meine. Ray war Loris Vater, und jetzt ist er weg und Lori ist hier. Ihr gehört die Ranch. Es geht hier nicht um dich. Es geht um Lori."

Trip verstand vollkommen. Marcus hatte recht. Ganz egal, wie hart er arbeitete und wie erfolgreich die Rodeozucht sein würde, am Ende besaß Ray Calhouns Tochter die Ranch und das Geschäft, das Ray gegründet hatte. Trip hatte sich lediglich eingekauft.

Er liebte Lori. Doch konnte er damit leben? Die Wahrheit ihrer Situation starrte ihm ins Gesicht. Doch im Moment tat das nichts zur Sache. Erst einmal mussten sie ihre Pferde zurück bekommen, dann konnten sie in die Zukunft blicken.

Als Jesses Handy klingelte, holte er es aus dem Holster. „Michael", sagte er, und alle beobachteten ihn während er lauschte und dabei ein paar Schritte ging. Seine Miene war angespannt. Dann wütend. Das Telefonat dauerte nicht lang, dann kehrte er mit düsterer Miene zurück.

„Sie haben die Pferde gefunden. Michael hat nicht locker gelassen, und sein Informant hat hart gearbeitet, um ihm zu helfen. Jetzt, wo Kramer und seine Handlanger nicht da waren, war es der perfekte Zeitpunkt. Sie haben eine Weile suchen müssen, doch sie haben sie in einer Scheune auf einem Anwesen gefunden, das Kramer in der tiefsten Provinz gemietet hat. Sieht aus, als hätten sie seit Tagen nichts zu fressen bekommen. Sie sind in schlechter Verfassung, aber sie haben einen Tierarzt gerufen, der sich schon um sie kümmert."

Trip wirbelte herum. Kaum kontrollierbare Wut brandete in ihm auf. Er würde sich Kramer vorknöpfen.

Doch Marcus und Cooper traten ihm in den Weg.

„Langsam", sagte Cooper.

„Ja, mein Sohn", nickte Marcus. „Du kannst Kramer nicht so konfrontieren. Hol erstmal tief Luft."

„Ja, du würdest ihm den Kopf abreißen." Auch Drake und Brice stellten sich ihm in den Weg.

„Michael hat gesagt, dass die Polizei schon

unterwegs ist", sagte Jesse. „Sind wahrscheinlich schon hier. Wir müssen es Lori sagen."

Das Rodeo war vorbei, und die Zuschauer verließen die Tribüne. Keine gute Zeit, um nach ihr zu suchen. Schnell hatte Trip sich wieder unter Kontrolle. „Ja, wir müssen sie finden. Ich will nicht, dass Kramer sie alleine antrifft, falls ihm schon jemand einen Tipp gegeben hat. Weiß Gott, wozu er in der Lage ist, wenn er sich in die Enge gedrängt fühlt."

Lori war auf dem Weg durch die Boxen, als sie am Ende des Ganges eine Gruppe von Polizisten das Gebäude betreten sah. Einer von ihnen stach heraus mit einem Cowboyhut, weißem, gestärktem Hemd und einem glänzenden Stern über dem Herzen. Selbst aus der Ferne war sie sich sicher, dass er ein U.S. Marshal war. Ihr Bauchgefühl sagte ihr, dass etwas nicht stimmte.

Zufällig war sie gerade in der Nähe von Kramers Boxen, als sie sie sah. Und sie kamen in ihre Richtung. Die Leute machten ihnen Platz, als sie den Gang hinunter gingen. Sie sah sich gerade um, als jemand sie am Hals packte und hart gegen einen weichen Körper riss.

„Die werden mich nicht festnehmen", zischte Kramer ihr ins Ohr.

Sie wehrte sich. „Lassen Sie mich los!", verlangte sie.

„Halt still", knurrte er.

Sie war sich sicher, dass zwischenzeitlich irgendetwas passiert sein musste. „Lassen Sie mich los", keuchte sie, als er den Arm gegen ihren Hals presste. Für einen kleinen Mann war er erstaunlich stark. Sie trat ihn gegen das Bein. „Sie werden Sie festnehmen."

„Kramer", schrie Trip aus der Ferne. „Lassen Sie sie los. Es ist vorbei. Die Polizei ist hier. Wir haben unsere Pferde gefunden."

„Mr. Kramer. Lassen Sie die Frau los und nehmen Sie Ihre Hände hoch", rief ein Polizist.

Lori hörte die Wut in Trips Stimme und plötzlich war sie besorgt. Sie versuchte, Kramers Arm von ihrem Hals weg zu ziehen, doch es fiel ihr schwer zu stehen, denn da sie größer als Kramer war, hatte er sie nach hinten hinunter gezogen – eine instabile Position, die den Würgegriff nur noch schmerzhafter machte. Sie hustete, doch er packte sie nur noch fester und wich zurück. „Wo wollen Sie hin?", keuchte sie. „Geben Sie auf. Sie sind erledigt." Wieder musste sie husten, doch dann fiel ihr Blick auf Trip in dem jetzt fast menschenleeren Gang. Alle hatten sich so schnell wie möglich in Sicherheit gebracht. Trip starrte Kramer finster an. Die Polizisten konnte sie nicht sehen, doch sie waren zu seiner Linken, und die Presleys und die Knights standen ein Stück hinter Trip.

Dann spürte sie die Mündung einer Pistole in ihrem Rücken.

„Ich habe eine Knarre und kein Problem sie zu verwenden."

„Machen Sie die Situation nicht noch schlimmer", rief einer der Polizisten. „Lassen Sie die Frau los und niemandem passiert etwas."

„Ich werde hier mit ihr raus marschieren", schrie er und lockerte einen Moment lang den Griff.

Lori holte tief Luft. „Warum tun Sie das?"

„Dein Daddy hat mich ruiniert. Hätte er nicht immer so verdammtes Glück gehabt–"

Lori hatte es mit einem Verrückten zu tun. Er schien jegliche Vernunft verloren zu haben, was ihren Vater anging, und gab ihm die Schuld an allem, was in seinem Leben schief gegangen war.

„Ihre Dummheit wird Sie was kosten, Kramer. Und Sie treffen weiter dumme Entscheidungen. Lassen Sie Lori gehen. Tun Sie, was richtig ist." Trip ging vorsichtig auf sie zu. Als die Polizisten auf der anderen Seite ihre Waffen zückten, wurde Lori plötzlich bewusst, dass jemand bei der Sache draufgehen konnte.

Ihre Knie wurden weich. „Trip, stopp", rief sie. Die Angst um ihn war überwältigend. „Aus dem Weg."

Wie befürchtet nahm Kramer im selben Moment die Pistole von ihren Rippen und richtete sie auf Trip.

Trips Herz donnerte, als er mitansehen musste, wie Kramer die Frau, die er liebte, im Würgegriff hielt. Er starrte auf die Waffe, die er auf ihn gerichtet hatte, dann blickte er an Kramer vorbei und sah, dass die Polzisten ausschwärmten. Einer war in einem Pferch und benutzte das Vieh darin, um sich Kramer unbemerkt zu nähern.

„Ich gehe hier raus. Aus dem Weg! Alle! Lasst mich vorbei oder ich knall sie ab!"

„Tun Sie das nicht", warnte der U.S. Marshal. „Nehmen Sie die Waffe runter, Sie kommen hier nicht raus."

„Kramer, hören Sie auf, so lange Sie noch können", drängte Lori, die neben ihrer eigenen Verzweiflung auch die des Mannes spüren konnte und sah, dass Trip kurz davor stand, sich auf ihn zu stürzen. Die Angst um ihn hielt sie in ihren eisigen Klauen. Sie könnte es nicht ertragen, ihn zu verlieren. Ihre Blicke begegneten sich, und Panik ergriff von ihr Besitz, als sie seinen Blick aufblitzen und ihn einen Schritt auf sie zu gehen sah. „Nein!", schrie sie und versuchte, nach Kramers Waffe zu greifen, die auf ihn gerichtet war.

Wie in Zeitlupe sah sie Trips Bewegung, spürte, wie Kramer in Panik geriet und sein Arm zuckte.

Instinktiv stampfte sie mit ihrem harten Absatz auf seinen Stiefel und rammte ihm den Ellbogen in den Bauch, bevor sie an seinem Arm riss. Dann fiel ein Schuss.

Im selben Moment lockerte sich Kramers Arm um ihren Hals, und sie war frei. Sie stolperte und fiel hin. Zwei weitere Schüsse fielen, und Kramer fiel neben ihr in den Staub, doch ihr Blick war auf Trip gerichtet.

Er sank auf die Knie und ein Blutfleck breitete sich über seiner Schulter aus, bevor auch er zu Boden ging.

KAPITEL VIERZEHN

„Wag nicht, mich zu verlassen, Trip Jensen…"
Trip versuchte, sich aufzustützen. Seine Schulter schmerzte, als hätte ein wildgewordener Zweitausend-Pfund-Bulle ihn getreten, doch er konzentrierte sich auf Loris Stimme. Sie war okay.

„Ich gehe nirgendwo hin", presste er heraus, als sie ihm half, sich umzudrehen. „Ich bleibe hier bei dir, Darling." Er sprach undeutlich und kämpfte darum, nicht das Bewusstsein zu verlieren. „Du bist zu schön anzusehen."

„Oh, Trip. Ich dachte…" Sie weinte. „Ich dachte,

ich hätte dich verloren."

„Lasst mir ran", hörte sie Sean Knight, der sich an den anderen vorbei schob, die um Trip und Lori herum standen.

Trip zuckte zusammen, als Sean sofort Druck auf seine Wunde ausübte.

„Ist nur deine Schulter. Du wirst es überleben. Kannst dich bei Lori bedanken. Sie hat wie eine Wildkatze gekämpft und wahrscheinlich Schlimmeres verhindert."

Trip lächelte sie an. „Sieht aus, als schulde ich dir mein Leben", sagte er und wischte ihr mit seiner unverletzten Hand die Tränen vom Gesicht.

„Und ich dir meines", schluchzte sie. „Das hättest du nicht tun sollen."

„Was? Versuchen, die Frau, die ich liebe, zu retten?" Der Raum begann, sich um ihn zu drehen.

Sie lachte, und ihr Lächeln schickte eine Welle warmer Freude durch ihn hindurch. „Ich liebe dich auch. Aber du kannst Gott und der ruhigen Hand des Marshals danken, dass wir noch am Leben sind, um unsere Liebe zu genießen."

„Genau das wollte ich", sagte er, dann wurde alles schwarz.

Zwei Tage später

„Okay, macht den Trailer auf", sagte Lori. Michael Knight hatte sie gewarnt, dass die Pferde an Gewicht verloren hatten, doch abgesehen davon ging es ihnen gut. Sean war direkt, nachdem der Krankenwagen für Trip angekommen war, nach Oklahoma gefahren. Er hatte die Pferde selbst untersuchen wollen und sie auf dem Transport zurück zur Ranch begleitet.

Er und Michael hatten keine Mühen gescheut, sich um ihre Tiere zu kümmern. Jesse Knight war in Fort Worth geblieben, um sich um die rechtliche Seite zu kümmern, nachdem alles, was Kurt Kramer getan hatte, ans Licht gekommen war. Sie würde den Knights für alles, was sie getan hatten, ewig dankbar sein.

Doch als sie die Gruppe ansah, die gemeinsam mit ihr und Trip warteten, war ihr Herz voll. Die attraktiven Presley-Brüder waren versammelt, und Marcus hatte ihr versichert, dass sie, solange Trip noch nicht wieder ganz fit war, nur fragen musste, wenn sie etwas brauchte – sie würden sich schon darum kümmern. Doch niemand hatte mit Trips Entschlossenheit gerechnet, heute hier zu sein. Eine mehrstündige OP war nötig gewesen, um seine Schulter zu reparieren, und er hatte eine Menge Blut verloren, doch am Morgen hatte er auf eigene Verantwortung das Krankenhaus verlassen und stand jetzt hier.

Kramer war nicht lebend aus den Stallungen gekommen. Als er den zweiten Schuss auf den U.S. Marshal abgefeuert hatte, hatte auch der geschossen und ihn nicht verfehlt. Lori konnte nicht fassen, dass er ihrem Vater die Schuld an seinen Misserfolgen gegeben hatte. Und dass er versucht hatte, zu ruinieren, was Ray Calhoun mit so viel harter Arbeit aufgebaut hatte.

Doch all das lag nun hinter ihnen. Ihre Pferde würden bereit sein fürs Finale. Nachdem alles ans Licht gekommen war, waren sie für das nächste Rodeo entschuldigt worden, und Sean Knight hatte ihr versichert, dass sie beim nächsten Rodeo wieder fit sein würden, um sich für das große Finale in Vegas zu qualifizieren.

Harvey saß auf einem Pferd innerhalb des Gatters und wartete darauf, dass die Rodeopferde aus dem Trailer gelassen wurden. Nachdem sie nach Hause gekommen war, war er sofort zu ihr gekommen und hatte sich für sein Verhalten nach dem Diebstahl der Pferde entschuldigt und seine Hilfe bei der Pflege der Pferde angeboten, damit sie für das Finale bereit waren. Sie hatte zugestimmt und war erleichtert, dass sie noch einmal von vorn anfangen konnten, da sie wusste, dass ihr Daddy Harvey sehr gemocht und seine Arbeit auf der Ranch sehr zu schätzen gewusst hatte.

„Da sind sie", sagte Trip ganz nah an ihrem Ohr. „Lass dich von ihrem Aussehen nicht zu sehr erschrecken. Vergiss nicht, Sean hat gesagt, dass es ihnen gut geht."

Sie nickte, als Michael das Tor des Trailers öffnete und die Pferde auf die Weide rannten.

Sie keuchte. „Oh, wie kann jemand einem Pferd nur so etwas antun?" Ihre Pferde waren dünn nach fast zwei Wochen, in denen sie kaum gefüttert worden waren, wenn auch nicht so abgemagert wie die wilden Mustangs, die die Presleys manchmal in ihr Rettungsprogramm aufnahmen. „Ich bin so froh, dass wir sie wieder haben", sagte sie. „Wenn Kramer nicht schon tot wäre, würde ich jetzt wahrscheinlich ins Gefängnis fahren und ihm meine Meinung sagen. Wie konnte er nur?"

„Er war ziemlich kaputt. Manchmal gibt es keine bessere Erklärung."

„Da hast du wohl leider recht." Sie drehte sich zu ihm um. „Ich bin so froh, dass du zu Hause bist. Willst du dich hinsetzen?"

Er lächelte und zog sie an sich. „Mir geht's gut. Wir müssen reden", sagte er, dann ging er mit ihr über den Hof.

„Hey", rief Cooper vom Zaun herüber. „Wo wollt ihr zwei Turteltäubchen hin?"

Trip schmunzelte. „Geht dich nichts an, Presley. Das ist eine Sache zwischen mir und meiner Lady."

„Oh, deiner Lady", feixte Cooper. „Dann geht nur. Hoffentlich kommt ihr in ein paar Minuten mit guten Nachrichten zurück."

„Ja", fügte Vance augenzwinkernd hinzu. „Gute Nachrichten. Wäre mal wieder Zeit für eine Party hier. Wenn ihr wisst, was ich meine."

Trip lachte, und Lori schüttelte kichernd den Kopf. „Mir würde eine Party auch gefallen", sagte sie und legte auf dem Weg zum Stall den Arm um ihn.

In seinem Büro blieb Trip stehen und drückte sie mit seinem unverletzten Arm an sich. „Ich liebe dich, Lori. Ich habe einen Grund nach dem anderen abgearbeitet, warum ich dich nicht bitten kann, meine Frau zu werden. Ich habe nicht, was du hast, und vielleicht werde ich mein ganzes Leben brauchen, um auch nur annähernd daran heranzukommen, und das nagt an einem Mann. Doch abgesehen von deiner Ranch kann ich mit unserem Rodeogeschäft etwas mit dir aufbauen, was wir beide lieben. Das gefällt mir. Doch was mir am meisten gefällt ist der Gedanke, ein Leben mit dir aufzubauen. Ich bin es leid, es aufzuschieben. Dir nicht zu sagen, wie sehr ich dich liebe. Es frisst mich auf, und als Kramer dich im Würgegriff hatte, konnte ich nur an all die Zeit denken, die wir verschwendet haben. Ich will keine Stunde mehr ohne dich in meinem Leben verbringen. Ich kann alles ertragen, nur das nicht. Willst du mich heiraten?"

Ihre Arme lagen bereits um seine Taille, doch sie zog ihn an sich, und ihre Augen strahlten unter Tränen. „Ich habe so lange darauf gewartet, das von dir zu hören. Ja, ja und ja! Ich liebe dich und will unser gemeinsames Leben anfangen. Am besten sofort." Vorsichtig schmiegte sie sich an ihn, und er küsste sie, als ein Sonnenstrahl vom Eingang des Stalls hereinfiel und die Wärme ihrer Liebe durch ihn hindurch strömte.

„Dann würde ich sagen, sind wir bereit für eine Party."

Sie berührte zärtlich sein Gesicht. „Trip. Ich habe mein ganzes Leben auf diese Party gewartet. Es wird wunderbar."

„Du bist wunderbar", sagte er, dann senkte er seine Lippen auf ihren Mund und küsste sie mit all der Liebe in seinem Herzen.

Die anderen mussten eine ganze Weile warten, bis sie aus dem Stall kamen und ihnen die gute Nachricht überbrachten.

Auszug aus
BRAUT ZU MIETEN
Die Cowboys von Ransom Creek, Buch 1

KAPITEL EINS

„**D**u brauchst eine Frau.“

„Willst du dich unbedingt mit mir anlegen?“ Carson Andrews warf seinem Cousin einen finsteren Blick zu. „Die eine, die ich hatte, reicht mir – das weißt du doch. Warum musst du unbedingt wieder davon anfangen?“

„Es ist zwei Jahre her, Carson. Zeit, darüber hinweg zu kommen.“ Cooper Presley zog eine Braue hoch und schob Carson die Zeitung entgegen. „Aber wenn du keine Beziehung willst, dann brauchst du eine

Frau für einen Tag. Lies die Anzeige, dann verstehst du, was ich meine."

Irritiert starrte Carson die Zeitung an.

Männliche Singles auf der Suche nach einer Braut für einen Tag? Reines Dienstleistungsangebot. Romantik exklusive. *Brauchen Sie den gewissen femininen Touch bei der Planung oder Vorbereitung eines Events Ihren Vorlieben und Ihres Geschmacks entsprechend, doch mit dem gewissen Etwas Ihrer Braut – wenn Sie eine hätten? Dann rufen Sie* Braut zu Mieten *an, und lassen Sie mich die Arbeit machen...*

„Das ist die perfekte Lösung für deine Situation." Cooper grinste ihn an. „Ein bisschen unkonventionell vielleicht, aber du brauchst ein weibliches Händchen. Und sie ist in Fort Worth. Das ist nicht weit weg. Sollte also kein Problem für sie sein, hierher zu kommen und dir zu helfen. Einen Anruf ist es auf jeden Fall wert."

Carson sah sich in der Küche um. Sie war ungefähr so anheimelnd wie ein Krankenhausflur – die Wände waren nackt. Auf dem Tresen stand eine Kaffeemaschine und daneben eine Kaffeedose. Die Bar im Wohnzimmer war genauso nackt. Als er an Aprils Zimmer dachte, runzelte er die Stirn, denn die einzige Dekoration war das Spielzeug, das überall am Boden verstreut war, und eine bunte Decke auf dem Bett.

Carson schnitt eine Grimasse. „Du hast Recht. So ungern ich es auch zugebe, ich könnte jemanden gebrauchen, der mir dabei hilft, das Haus in Schuss zu bringen. Ich meine, April wird Ende des Monats fünf, da sollte ich vielleicht lernen, wie man dekoriert und Kekse backt, und ihr geben, was ihr bisher fehlt."

Cooper lachte. „Du kannst den Teig im Laden kaufen. Den schneidest du nur in Scheiben und backst ihn. Oder du kaufst sie fertig. Kein Grund, die Küche mit Mehl zu pudern oder die Hütte abzufackeln."

„Hey, das kann ich auch selber, wenn ich mir Mühe gebe. Und wer sagt, dass du es besser machen würdest? Soweit ich weiß, seid du und deine vier Brüder immer noch Singles und interessiert euch eher für Pferde als fürs Dekorieren."

Cooper blinzelte in die Sonne. „Das stimmt, doch keiner von uns hat eine kleine Tochter, die sich als Ballerina verkleiden und Teepartys feiern sollte."

Carson warf seinem Cousin einen empörten Blick zu. „Ich mache schon seit mehr als zwei Jahren Teepartys mit ihr, fang also bloß nicht damit an."

„Das ist ja schön und gut, aber in anderen Bereichen bist du nicht gerade ein Profi."

Nachdenklich blickte Carson über die Wiese hinter dem Haus zur Scheune. Dahinter war ein Pferch, in dem ein riesiger schwarzer Bulle wartete. Carson hatte vor, ihn in zwei Wochen bei dem Event auf der Ranch der Presleys in Ransom Creek zu verkaufen, und Cooper war hier, um ihn sich anzusehen.

Cooper stand am Zaun und blinzelte Carson an. „Warum hast du nicht eine der Frauen hier in Bride gefragt, ob sie dir helfen kann?"

„Keine gute Idee. Ich habe kein Interesse daran, etwas mit jemandem aus Bride anzufangen. Ich kenne ein paar Frauen hier im Ort, die gerne hier rauskommen und mir helfen würden, und das sind nette Frauen, doch ein paar meide ich wie der Teufel das Weihwasser. Ich will bei niemandem den Eindruck erwecken, dass ich eine Frau hier draußen brauche. Mit mir gibt es keine Zukunft. Ein Ehefiasko reicht mir."

Cooper sah ihn skeptisch an. „Es ist nicht so, dass du am Altar sitzen gelassen wurdest wie unsere verlassene Braut hier. Ein Griff ins Klo bedeutet noch lange nicht, dass alle so sind."

„Ich werde nicht noch einmal heiraten, Coop. Nie wieder. Ich ziehe meine Tochter groß, ertrage ihre Mutter, wenn sie ab und an mal zu Besuch hier auftaucht – falls sie auftaucht, doch mehr will ich im Moment nicht."

„Aber es ist jetzt schon zwei Jahre her. Du bist seitdem nicht wieder ausgegangen?"

„Nein, bin ich nicht", sagte Carson.

Cooper starrte ihn an, als hätte er den Verstand verloren. „Okay, ich verstehe, dass dich die Trennung innerlich zerrissen hat, das weiß ich. Aber Mann, du musst langsam darüber hinweg kommen."

„Ich werde sie anrufen, wenn du gegangen bist. Mir gefällt der Teil in der Anzeige, in dem sie sagt, dass Romantik ausgeschlossen ist. Ich weiß nicht, was sie dazu gebracht hat, es so ausdrücklich zu formulieren, doch was mich angeht ist das ihr Hauptverkaufsargument."

„Wie du meinst", brummte Cooper. „Solange du sie anrufst. April wird es dir danken."

Carson wollte nicht, dass sich seine Tochter bei ihm bedankte, er wollte nur das Richtige für sie tun. Sie war der eine und einzige Grund, aus dem er es tat. Für ihn wäre das Haus ganz in Ordnung gewesen, so wie es war. Seit seine Exfrau vor etwas mehr als zwei Jahren davongelaufen war, hatte er keine große Lust auf Dekoration verspürt. Er hatte das Haus verlassen, das er mit Missy bewohnt hatte, und kaum mehr als seine Kleider und ein paar Möbelstücke mitgenommen. Er hatte versucht, alles hinter sich zu lassen, was ihn an Missy erinnerte – abgesehen von seiner kleinen Tochter natürlich. Er wusste, dass das hauptsächlich daran lag, dass er sich verraten fühlte. Gott, und wie wütend er immer noch war. Er wusste nur zu gut, dass es Zeit war zu versuchen, darüber hinweg zu kommen. Ganz gleich, was Missy ihm angetan hatte, sie war die Mutter seiner süßen Tochter, und er musste versuchen, April ein Leben zu bieten, das trotz allem so normal wie möglich war. Er war dankbar, dass er das Sorgerecht für April zugesprochen bekommen hatte –

und traurig, dass Missy es nicht einmal gewollt hatte.

Er verdrängte die Gedanken daran, als er in Richtung des Bullen ging. Zeit, über das Geschäftliche zu reden. Und in zwei Stunden musste er April von ihrem Babysitter abholen. Die Tatsache, dass sie schon bald fünf werden würde, machte ihn sprachlos. Die Zeit verging viel zu schnell.

Dieses kleine Mädchen war seine Sonne.

Er würde diese Frau anrufen. Er musste dafür sorgen, dass April alles hatte, was sie brauchte. Oder zumindest das, was er ihr geben konnte, und er hoffte, dass das all das wettmachen würde, was er ihr nicht geben konnte.

Bella Reese bremste, als sie den Eingang zu Carson Andrews' Ranch am Rande von Bride, Texas, sah. Die Fahrt war nicht allzu schlimm gewesen. Von ihrer Wohnung am Stadtrand von Fort Worth aus hatte sie knapp zwei Stunden gebraucht. Als der geschiedene Vater sie vor drei Tagen angerufen hatte, hatte seine Anfrage sie neugierig gemacht.

Seitdem sie sich vor sechs Monaten selbständig gemacht hatte, hatte sie recht gut zu tun gehabt – was ein Segen war. Doch anstatt Kunden beim Dekorieren ihrer Häuser zu helfen und ein warmes und glückliches Umfeld zu schaffen, wie sie es sich erträumt hatte, hatte sie Firmenevents organisiert. Das sorgte für ein stabiles Einkommen, hatte jedoch ihre tief verwurzelte Sehnsucht danach, jemandem dabei zu helfen, ein warmes Zuhause zu schaffen, nicht erfüllt. Carson Andrews' Anruf hatte sie so glücklich gemacht, als er ihr in wenigen Worten erklärt hatte, dass seine kleine Tochter bald ihren fünften Geburtstag feiern würde und er wollte, dass sie sein Haus zu einem Zuhause machte und alles Nötige unternahm, um es zu einem schönen Umfeld zu machen, in dem seine Tochter aufwachsen konnte. Und wenn sie schon dabei war, könnte sie ihm vielleicht auch bei den Vorbereitungen für ihre Geburtstagsfeier helfen.

Oh welche Freude! Bella hatte das Projekt angenommen, und nachdem sie aufgelegt hatte, hatte sie einen kleinen Freudentanz in ihrer Wohnung aufgeführt, so aufgeregt war sie. Sie würde aus dem

Haus das beste Zuhause machen, das Mr. Andrews und April je gesehen hatten. Dieses Privileg und die Summe, die er ihr zahlte, waren die zweistündige Anfahrt wert. Um ehrlich zu sein hätte sie den Job auch für weniger angenommen, einfach nur, um die Befriedigung zu erleben, zu tun, wonach sie sich sehnte. Ihrem Portfolio würde es auch gut tun, doch das war ihr weniger wichtig als die Freude, die ihr dieser Auftrag bereitete.

Sie brauchte das Gefühl, erfüllt zu sein, und ein Projekt wie dieses konnte ihr das geben.

Sie brauchte es mehr als jeder, der ihr nahe stand, verstehen konnte.

Es war eine kurze Fahrt die rote unbefestigte Straße hinauf. Zuerst sah sie die Scheune und dann, ein wenig abseits gelegen, das Haus. Doch es war der Mann, der ein Pferd in einem Paddock im Kreis ritt, der ihre Aufmerksamkeit auf sich zog. Er saß aufrecht im Sattel und ließ das Pferd rückwärts gehen, bevor er es ein paar mal schnell umlenkte und dabei eine Staubwolke aufwirbelte. Pferd und Reiter bewegten sich wie eine perfekte Einheit und sie wäre beinahe von der Straße abgekommen, so gebannt war sie von ihrem Anblick. Im nächsten Moment stießen ihre Reifen gegen eine Unebenheit, und sie konnte nicht mehr rechtzeitig bremsen, um zu verhindern, dass sie mit dem Wagen gegen einen Zaunpfahl stieß.

Sie riss das Lenkrad herum und trat auf die Bremse – doch der rechte Kotflügel krachte gegen den Zaunpfahl, und ihr Auto blieb abrupt stehen.

Sie keuchte. Ihr Herz raste, während sie geschockt aus dem Fenster starrte.

So hinterlässt man sicher keinen guten ersten Eindruck.

Carson sah den Wagen in dem Moment, in dem der Kotflügel am Pfosten seines Eingangszauns entlang schrammte. Der Pfosten stand danach nur ein bisschen schief, doch der granatrote Kompaktwagen hatte weit mehr Schaden erlitten. Den Pfosten konnte er ohne großen Aufwand alleine wieder gerade richten, doch der Kotflügel war kaum mehr als Schrott wert.

Er stieg ab, führte den jungen Hengst zum Zaun

und band ihn an einen Pfosten. Dann öffnete er das Tor und ging über den Kies auf den Unfall zu. Sein erster Gedanke war, dass dem Fahrer vielleicht etwas passiert war, das ihn dazu gebracht hatte, gegen den Pfosten zu fahren. Wie sonst konnte jemand einen Pfosten übersehen, der fast so dick war wie ein Telefonmast?

Kurz bevor er das Auto erreichte, ging die Tür auf. Eine Frau kletterte heraus und starrte den Wagen an, die Hände in die schlanken Hüften gestemmt. Als sie ihn hinter sich bemerkte, wirbelte sie herum.

„Das tut mir so leid", keuchte sie und wedelte mit der Hand in Richtung Zaun. „Ich kann nicht fassen, dass ich das getan habe."

Er blieb neben dem Pfosten stehen und sah in ihre erschrockenen, leuchtend grünen Augen. „Ich auch nicht", sagte er, denn das entsprach der Wahrheit. „Was ist passiert? Aber viel wichtiger, sind Sie okay?"

Sie war hübsch, mit dicken, dunklen Haaren und weichen Zügen, die ihn auf eine sanfte Seele schließen ließen … doch andererseits wusste er nur zu gut, dass der Schein trügen konnte.

„Mir geht's gut. Alles okay." Dann fiel ihr Blick

auf den schiefen Zaunpfahl und sie keuchte erneut. „Das tut mir so leid. Ich habe Sie beobachtet. Ich meine, ich bin die Auffahrt hoch gefahren, und als ich mich umgesehen habe, habe ich Sie auf dem Pferd in der Staubwolke herumwirbeln sehen und ich … also ich …" Sie verstummte und wurde feuerrot. „Ich meine, ich hab glatt vergessen, auf die Straße zu achten und bin gegen ihren Pfosten gefahren."

Er lachte. Er konnte nicht anders. „Haben Sie noch nie einen Cowboy auf einem Pferd gesehen?"

„Doch, das schon. Ich war nur fasziniert, wie einfach das bei Ihnen aussah. Es war schön. Wirklich. Aber dann ist das passiert." Sie blickte zwischen ihm, dem Pfosten und dem Auto hin und her und verzog das Gesicht.

„Der Pfosten wird das schon überleben. Ich mache mir mehr Sorgen um ihr Auto." Er war froh, dass April bei ihrem Babysitter war.

„Ihre Tochter … das hätte Ihre Tochter sein können", keuchte sie und sah ihn entsetzt an. Ihre Hand wanderte an ihren Mund. „Ich kann gar nicht daran denken. Normalerweise bin ich nicht so unvorsichtig. Ich komme natürlich für den Schaden auf und verspreche Ihnen, dass das nie wieder vorkommen wird. Es tut mir wirklich leid."

Carson wusste ihre Sorge zu schätzen. Er hatte Bella Reese erwartet und kam zu dem Schluss, dass sie die Frau sein musste, die jetzt vor ihm stand. „April ist okay. Sie ist bei ihrem Babysitter. Lassen Sie uns nicht an das denken, was hätte passieren *können*. Sie wirken nicht wie ein unvorsichtiger Typ auf mich, darum ist alles okay. Sie müssen Bella Reese sein."

Sie holte tief Luft und nickte. Dann streckte sie ihre Hand aus. „Ja, ich bin Bella, und normalerweise fällt der erste Eindruck, den ich hinterlasse, anders aus."

Er lächelte. „Sie haben einen interessanten Auftritt hingelegt, so viel ist sicher. Doch gleichzeitig haben Sie einen guten Eindruck gemacht. Es war Ihnen nicht egal. Sie waren geschockt. Alles vergessen. Aber wenn Sie mir noch einen Pfosten umfahren, könnte sich meine Meinung ändern." Es gefiel ihm, zu sehen, wie sich ihre Miene entspannte. Er ergriff ihre Hand, und sein Puls schoss in die Höhe, als er spürte, wie sich ihre Finger um seine schlossen. Ihre Blicke begegneten sich, und ihm wurde die Präsenz in den dunklen Tiefen ihrer smaragdgrünen Augen bewusst. Er ließ ihre Hand los, als wäre sie eine glühend heiße Bratpfanne.

Sie zog ihre im selben Moment zurück, und er musste gegen den Impuls ankämpfen, einen Schritt zurückzuweichen. Als ob das das plötzliche und überwältigende Bewusstsein, dass Bella Reese eine Frau war, ausschalten könnte.

Wie lange war es her, dass jemand ihn so dermaßen umgehauen hatte? Eilig verdrängte er den Gedanken.

Er stemmte seine Hände in die Hüften und starrte den Kotflügel an. „Ich bin mir nicht sicher, ob sie damit nach Fort Worth zurückfahren können. Wir sollten sichergehen, dass beim Aufprall nicht mehr kaputt gegangen ist."

„Okay. Und es tut mir wirklich leid, das war nicht so geplant. Ich bin wegen Ihres Projekts hier, nicht, um Ihnen mitten in Ihrem Arbeitstag Probleme zu machen."

„Schon okay." Er ging an ihr vorbei und zwängte

sich hinter das Lenkrad ihres kleinen Autos. Er kam sich vor wie in einer Sardinenbüchse. *Wie konnten Frauen diese Streichholzschachteln fahren?* „Bleiben Sie da stehen. Ich fahre es auf den Hof, dabei kann ich sehen, ob nichts verzogen ist."

„Danke."

Er blickte zu ihr auf und sah den Anflug eines Lächelns, das ihre Mundwinkel umspielte.

„Machen Sie sich etwa darüber lustig, wie ich mich in Ihr Auto falten muss? Derart winzige Autos sollten verboten sein."

Sie schien sich zu entspannen und lächelte. „Ich wollte mich nicht über Sie lustig machen, aber es sieht schon ein bisschen witzig aus…"

„Das ist eine Untertreibung", sagte er. So, wie sie ihn ansah, konnte er kaum den Blick von ihr abwenden. Sie sah umwerfend aus, doch dieser Gedanke war so unwillkommen wie ein Kropf. „Gehen Sie da rüber", sagte er und riss seine Gedanken los.

Sofort wich sie zurück.

Er schlug die Tür zu und ließ den Wagen langsam vorwärts rollen. „Was zum Henker ist los mit dir?", murmelte er, als er den Wagen in Richtung Haus fuhr. Etwas kratzte am Reifen, und er hielt an. Jemand musste am Kotflügel arbeiten, bevor sie wieder fahren konnte. Er nahm sich einen Moment Zeit, um seine Gedanken zu ordnen. Bella Reese war hübsch und schien nett und aufrichtig zu sein. Sie war hier, um für ihn zu arbeiten, und er reagierte auf sie wie ein Teenager vor dem ersten Date. Es war lächerlich. Er zog ein finsteres Gesicht, als er die Tür öffnete und sich vorsichtig aus dem Wagen faltete.

Sie war ihm gefolgt und stand vor ihm, als er sich aufrichtete.

Er sah das Glitzern in ihren Augen und ermahnte sich erneut, dass er nicht interessiert war. Er rückte seinen Hut zurecht. „Sie müssen den Kotflügel ausbeulen lassen. Er schabt an ihrem Reifen. Nehme an, dass der auf der Rückfahrt platzen würde, wenn Sie vorher nichts machen lassen.“

Sie runzelte die Stirn und blickte nachdenklich drein. „Dann brauche ich eine Karosseriewerkstatt oder einen Abschleppdienst. Ich muss ein Angebot für meine Versicherung einholen und wahrscheinlich einen Wagen mieten. Gibt es hier eine Autovermietung?"

„Nein, keine Autovermietung, aber Bud Cramer kann den Wagen reparieren und ihn auch abschleppen, falls das nötig ist. Er ist gut."

„Okay, wenn Sie mich bitte kurz entschuldigen würden, dann rufe ich die Versicherung an, um das zu regeln, dann können wir uns über das Projekt unterhalten, für das Sie mich engagiert haben. Ich kann mich nur noch einmal für alles entschuldigen."

Er nickte. „Entspannen Sie sich, ist schon okay. Ich geh mein Pferd absatteln, während Sie Ihre Anrufe tätigen, und ich treffe Sie dann auf der Veranda. Sie können gerne schon hoch gehen, wenn Sie möchten.

„Danke, Mr. Andrews."

„Wie wäre es mit Carson? Sonst komme ich mir so alt vor."

„Dann Carson, gerne. Ich bin Bella."

Er ging zurück über die Wiese zum Paddock. Er hatte das Gefühl, dass er sich mit diesem Projekt Ärger eingehandelt hatte. Doch andererseits hatte sie den Pfosten nicht absichtlich angefahren. Plötzlich fragte er sich, ob sie auf alle ihre Kunden dieselbe Wirkung ausübte wie auf ihn. Vielleicht war das der Grund, aus dem sie diesen Keine-Romantik-Zusatz in ihrer Anzeige hatte. Er wusste, dass er sich zusammenreißen musste und ermahnte sich, dass dies ein rein geschäftliches Arrangement war, genau, wie es in ihrer Anzeige gestanden hatte.

Er schüttelte den Kopf, als er den Sattel abschnallte und ihn von seinem Pferd zog. Nein, er war sowieso nicht interessiert.

Nicht jetzt und nie wieder.

Weitere Bücher von Debra Clopton

Windswept Bay
Von Diesem Moment An
Irgendwo Mit Dir
Mit Diesem Kuss & Für Immer Und Ewig
Warten Auf Liebe
Mit Diesem Ring
Mit Diesem Versprechen

Die Cowboys von Mule Hollow Serie
Liebe Mich, Cowboy
Tanz Mit Mir, Cowboy
Immer Ärger mit Lacy Brown
… plus Baby macht fünf
Mein Herz gehört dir, Cowboy

New Horizon Ranch Serie
Ein Cowboy für Maddie
Ein Cowgirl für Rafe
Ein Cowgirl für Chase
Ein Cowgirl für Ty
Eine Familie für Dalton
Eine Tierärztin für Treb
Maddies geheimes Baby
Ein Cowgirl für Austin

Die Cowboys von Ransom Creek
Ihr Cowboy-Held (Vorgeschichte)
Braut zu mieten
Cooper
Shane
Vance
Drake
Brice

Über die Autorin

Die Bestseller-Autorin Debra Clopton hat bereits über 2,5 Millionen Bücher verkauft. Ihr Buch OPERATION: MARRIED BY CHRISTMAS soll sogar als ABC Familienfilm verfilmt werden. Debra ist bekannt für ihre modernen Westernromanzen, texanischen Cowboys und temperamentvollen Heldinnen. Romantik und eine Prise Humor werden immer miteinander verflochten, um den Leser zum Lächeln zu bringen. Als Texanerin in sechster Generation lebt sie mit ihrem Ehemann auf einer Ranch im Herzen von Texas und freut sich immer über Zuschriften von ihren Lesern.

Besuche Debras Website unter
debraclopton.com/deutsch

Melde dich für ihren Newsletter
www.subscribepage.com/KostenloseTexascowboyromantik

Triff sie auf Facebook unter
www.facebook.com/debra.clopton.5

Folge ihr auf Twitter unter @debraclopton

Kontaktiere sie unter debraclopton@ymail.com

www.ingramcontent.com/pod-product-compliance
Lightning Source LLC
Chambersburg PA
CBHW070651100726
47907CB00007B/2169